이웃집 소시오패스의 사정

이웃집 소시오패스의 사정

지은이 조예은, 임선우, 리단, 정지음, 전건우
펴낸이 임상진
펴낸곳 (주)넥서스

초판1쇄 발행 2024년 4월 1일
초판5쇄 발행 2024년 12월 12일

출판신고 1992년 4월 3일 제311-2002-2호
10880 경기도 파주시 지목로 5
Tel (02)330-5500 Fax (02)330-5555

ISBN 979-11-6683-824-8 03810

가격은 뒤표지에 있습니다.
잘못 만들어진 책은 구입처에서 바꾸어 드립니다.

www.nexusbook.com
&(앤드)는 (주)넥서스의 문학 브랜드입니다.

앤드
앤솔러지

이웃집 소시오패스의 사정

조예은
임선우
리 단
정지음
전건우

&

일러두기

• 본 도서는 작가별 원고의 특성을 가능한 한 그대로 살려 편집했습니다.

• 맞춤법은 국립국어원의 원칙을 따랐으나 뉘앙스를 살리기 위한 일부 표현은 그렇지 않을 수 있습니다.

차
례

아메이니아스의 칼

조예은

1

엄마는 우리가 쌍둥이로 태어난 게 우리 잘못이라고 했다. 눈치 없이 들어선 걸 지우지 않고 낳아 줬더니 입이 두 개더라고. 둘 중 하나를 버리지 않은 것만도 고마운 줄 알라며 자주 역정을 냈다. 내가 기억하기론, 초등학교에 입학할 무렵부터 그 역정은 부쩍 잦아졌다. 아마 아빠가 교통사고를 당했기 때문일 것이다. 밤을 샌 회식 후 걸어서 귀가 중이던 아빠를 음주운전 차량이 치었다. 차를 몰았던 건 함께 술을 마시고 헤어진 동료였다. 아빠는 중환자실에서 석 달을 채우고 갔다.

엄마에게는 보험금이 남았지만 남은 세 가족의 생계를 이끌기엔 턱없이 부족했다. 엄마는 병원에서도 장례식장에서도 계산기를 두드렸다. 그러다 슬쩍 우리를 흘겨보며 중얼거리는 것이다. 애초에 낳지 말았어야 했어. 하나가 아니라 둘인 줄 알았다면 정말 낳지 않았을 거야. 한번은 이런 적도 있었다. 아빠가 다시는 깨어나지 못할 거라는 통보를 받은 새벽이었다. 엄마는 병원 유리 너머의 미라 같은 아빠를 바라보며 말했다. 당신이 이렇게 가 버리면 나는 어떻게 하라고? 나 혼자 하나도 아니고 둘을, 둘이나 어떻게 하라고. 그러니까 내가 둘은 낳기 싫다고 했잖아. 당신이 책임질 테니 낳으라며. 개자식아.

슬픔보다는 분노에 잠긴 목소리였다.

그래도 엄마는 실제로 우리를 버리지는 않았다. 그 점은 정말이지 고맙게 생각한다. 버려진 우리는 아마 함께 자랄 수 없었을 테고 끝내 서로가 있었다는 사실조차 잊었을 테니까. 지금의 우리가 '우리'로 자란 데에는 엄마의 영향이 적지 않다. 아니, 적지 않은 정도가 아니다. 이 모든 건 엄마로부터 시작되었다. 내가 기억하는 바로는 그렇다.

엄마는 우리가 고등학생이 될 때까지는 나름대로 책임감을 발휘했다. 홀몸으로 낮밤을 가리지 않고 일하며 생계를 책임졌다. 갑작스레 남편을 잃은 20대 중반의 여자가 감당하기에는 벅찬 환경이었음이 분명했다. 그 쌓이고 쌓인 스트레스는 몇 년 후 가출이라는 형태로 폭발했지만 그 전까지는 할 수 있는 만큼을 했다는 말이다.

덕분에 10년이 흐른 지금 엄마는 한 달에 300만 원을 넘나드는 고급 호스피스에서 여생을 즐기고 있다. 엄마를 간병하는 건 나고 돈을 부치는 건 동생 선희다. 엄마는 이제 한결 온화해진 얼굴로 말한다. 너희를 버리지 않은 건 늘 최악에 가까웠던 내 모든 선택 중 유일하게 잘한 선택이야. 나는 상체를 기대 누운 엄마 옆에 앉아 사과를 깎으며 속으로 대꾸한다.

'그러시겠지. 우리가 아니면 당신이 이런 곳에서 눈감을 수 있겠어?'

곱게 자른 사과를 흰 접시 위에 내려놓으면 엄마의 눈은 어딘가 불안한 빛을 띤다. 아마 묵은 기억 중 하나가 떠오른 탓일 테다. 췌장암 중기 판정을 받은 엄마는 어째서인지 날이 갈수록 정신이 또렷해졌다. 엄마의 몸 곳곳에 퍼진 암세포가 망각의 샘을 말라붙게 만든 걸까? 그래서 그 아래 잠든 과오들이 하나둘 징그러운 표면을 드러내고 있는 것은 아닌가? 어쩌면 엄마는 시시때때로 아주 느린 주마등을 보고 있는 건지도 몰랐다.

나는 엄마의 불안은 모른 척하고 그의 입에 사과 한 조각을 밀어 넣는다. 그 순간 휴대폰 알람이 울리고, 병실의 전자시계가 오후 9시 30분을 가리킨다. 엄마는 사과를 쪼개 썹으며 말한다.

"선희 볼 시간이네."

나는 말없이 텔레비전을 켠다. 케이블 채널로 옮기자 리얼리티 쇼 프로그램의 오프닝이 흘러나온다. 버라이어티 러브 쇼 〈러브 펜션〉. 선희가 출연 중인 방송이었다. 포맷은 여타 짝짓기 리얼리티와 다르지 않다. 젊고 아름다운 출연자들은 자기소개 후 투표를 하고, 여러 미션을 통해 데이트 기회를 얻고, 카메라 렌즈 너머의 시청자들에게 각자의 매력이 닿을 수 있도록 노력한다. 최종 선택은 생방송으로 진행되며, 이루어진 커플에게는 거액의 상금이 주어진다. 평범하다 못해 식상한 이 프로그램의 유일한 차별점이라면 참가자들이 전부 일정량 이상의 팔로워를 가진 인플루언서라는 점이다. 그 덕분인지 쇼는 수요일 밤 11시라는 불리한 시간대와 더 새롭고자 하는 어떤 노력도 없이 어느 정도의 시청률을 유지하는 중이었다. 참가자들 개개인의 캐릭터가 이미 정해져 있던 것도 이유일 것이다. 이런 리얼리티 쇼에서는 가

조예은

장 화제성이 좋은 참가자가 주인공을 맡는다. 팔로워 200만 명을 가진 나의 쌍둥이 동생, 선희가 바로 이 쇼의 주인공이었다.

선희는 고등학생 때부터 운영한 채널명인 '서난'으로 쇼에 참가했다. 섭외가 확정되자마자 선희의 얼굴을 첨부한 보도 자료가 뿌려졌다. 선희가 첫 방송 때 착용하고 나온 토트백은 일주일 만에 품절이 되었으며, 각종 뷰티 채널에서는 선희의 스타일을 분석하고 따라했다. 프로그램의 화제성이 저조한데 비해 선희 개인의 화제성은 남은 참가자들을 전부 합친 것보다 높았다. 당연한 반응이었다. 렌즈로 바라보는 선희에게는 뭐랄까, 단순히 매력적인 외모를 넘어선 특유의 분위기가 있었다. 엊그제 SNS 팬 계정에서 누군가 중얼거린 말을 빌리자면, 늪지대에 피어난 한 떨기 수선화를 떠오르게 했다. 일개 팬의 과한 주접 혹은 호들갑이라고 치부할 수도 있었지만 나는 그 비유에 무척 공감했다.

선희는 가득 채워져 있음과 동시에 텅 비어 있었다. 물건을 보는 좋은 안목과 스스로에게 가장 어울리는 스타일을 알아보는 센스, 수년 동안 꾸준히 콘텐츠를 만들어 올리는 성실함과 유머를 가졌지만 바로 그 과한 성실함이 뭔가를 애써 숨기려는 듯한 인상을 주었다. 영상 너머의 어느 한 면은 완전히 불모지였다. 한마디로, 비밀을 숨긴 듯 위태로워 보였고 사람을 궁금하게 만들었다. 그 간극을 알아보는 이들의 반응은 두 가지로 나뉘었다. 선희가 가식적이라고 욕하거나 자신의 모든 걸 바쳐 공백을 엿보고 채워 주고 싶어 했다.

나는 그 두 반응을 모두 이해할 수 있었다. 선희를 그렇게 만든 게 바로 나였기 때문이다. 음, 정확히 말하자면 시작은 엄마였으나 내가 선희를 완성했다. 내가 아니었으면 지금의 선희는 없다. 그 사실을 선희도 알고 있었다. 프로그램이 시작하기 전, 선희는 사전 인터뷰에서 이렇게 말했다.

— 간단한 자기소개 부탁드려요.

안녕하세요, 패션, 일상 유튜버 서난입니다.

— 서난 님은 팔로워가 무려 200만이세요. 계정 홍보용으로 참가하시는 분들도 있는데, 서난 님이 〈러브 펜션〉에 참가를 결정한 특별한 이유가 있을까요?

저도 별다를 건 없어요. 휴학을 해서 시간이 비는 차에 재밌을 것 같은 제안이 들어왔고, 마침 지금 사귀는 사람도 없거든요, 하하. 사실 광고가 아닌 방송 출연은 처음이라 고민을 많이 했는데, 언니가 그냥 한번 나가 보라고 하더라고요.

— 언니가 있으셨군요? 어, 영상에서는 한 번도 보지 못한

거 같아요. 외동이신 줄 알았어요.

네. 언니가 영상에 나오는 걸 싫어해요. 지금은 따로 살고 있어서 자주 보지는 못하지만, 각별해요. 언니가 아니었다면 지금의 전 없었을 거예요.

– 언니분을 향한 애정이 느껴지네요.

네. 전 언니를 무척 사랑하거든요. (렌즈를 향해 손을 흔들며) 언니도 보고 있지?

언니가 아니었다면 지금의 전 없었을 거예요. 그 말은 있는 그대로의 진실이다. 사람들이 선희에게 느끼는 모든 종류의 매력은 다름 아닌 내 오랜 노력과 양보와 희생의 결과라고 나는 자부했다. 꽃이 피기 위해서는 뿌리가 양분을 흡수해야 하는 것이다. 선희가 싱그럽게 피어난 꽃이라면 나는 그 줄기를 단단히 지탱하는 땅 밑의 뿌리였다.

10여 분간의 광고 후 본 방송이 시작되었다. 나도, 엄마도 입을 다물고서 화면을 응시했다. 첫인상 투표를 진행한 지난주의 마지막 장면에 이어, 새벽의 해변가에 선희가 비키니를 입고 등장했다. 해변의 한복판에 놓인 우체통. 선희는 사뭇 떨리는 표정으로 그 안에 손을 집어넣는다. 자신에게 호감을 표시한 익명의 메시지를 발견한 선희가 기쁨을 감추지 못하고 싱그럽게 웃는다. 그 얼굴을 보는 나 역시 미소를 감추지 못한다. 꼭 내가 쪽지를 받은 것처럼 환하게 웃고 만다. 엄마는 그런 나를 이해가 되지 않는다는 듯 바라보며 사과를 씹는다. 방송은 시작한 지 10분 만에 광고를 내보내고, 사과를 꼭꼭 씹어 삼킨 엄마는 실없는 말을 내뱉는다.

"너도 저런 거 나가 보지?"

"선희가 나갔잖아."

"네가 선희인 것도 아닌데 무슨 상관이야?"

엄마는 매번 내가 제일 싫어하는 말을 빠뜨리지 않고 지껄인다. 심기가 불편해진 나는 아직 사과가 남아 있는 그릇을 화장실 앞 간이 싱크대로 옮겨 버린다. 엄마는 굳이 일어나서 그릇을 되찾아 오진 않는다. 왜 또 심통이 나서 지랄이야, 하고 중얼거릴 뿐이다. 그사이 광고가 지나가고, 우리는 다시 텔레비전에 집중한다. 어떤 소리도 없이, 오직 선희가 존재하는 화면 너머의 세상만이 진짜인 것마냥 눈과 귀를 사로잡힌 채 몰입한다.

쇼는 지난 내용을 간략히 요약해 보여 준 후 곧바로 모든 참가자들의 첫인상 투표 결과를 공개했다. 출연자는 총 여덟 명으로, 성비는 반반이다. 선희가 그중 무려 세 표를 얻은 것이다. 카메라 앞에서 선희는 믿을 수 없다는 듯 입을 가리고

조예은

눈을 동그랗게 떴지만, 아마 충분히 예상했을 거라고 확신한다. 오히려 저 놀라움은 남은 한 명이 자신 이외에 다른 사람을 택했다는 데서 오는 놀라움에 가깝다. 이제 화면이 전환되고, 남자 출연자들의 개인 인터뷰가 짧게 이어진다. 준수한 외모의 28세 여행 유튜버가 양손을 심장에 모으며 딱 한마디를 외친다.

"첫눈에 반했어요! 전 서난 님께 직진하겠습니다."

대본이라면 너무 조악하게 짰다 싶었다. 아무리 진짜인 척하는 거짓이라는 걸 알고도 속아 주는 게 리얼리티 쇼지만, 출연자들 대부분이 스스로를 브랜딩하는 데 도가 튼 이런 프로그램에서 첫눈에 반했다는 말을 도대체 누가 믿겠는가.

아나나 다를까 실시간 반응창은 남자의 반응이 작위적이라는 말로 가득했다. 선희에게 첫눈에 반했다는 남자의 이름은 성운. 어린 나이에 지구를 반 바퀴 돌았다는 오지 여행 전문 유튜버로, 팔로워는 5만 명밖에 되지 않았다. 이후 공개된 여자 출연자들의 첫인상 투표에서 선희는 성운이 아닌 쿠즈라는 이름의 뮤지션을 골랐다. 하필 유일하게 선희를 택하지 않은 남자 출연자였다. 팔로워는 9만 명. 지저분하게 수염을 기른 꼴이 마음에 들지 않았다. 인터뷰 내용 역시 재수없었다.

"사실 처음부터 끌린 건 서난 님이었어요. 팬이기도 했고요. 하지만 뭐랄까, 저 말고도 다른 분들이 다 서난 님을 택할 거 같더라고요? 일종의 차별화 전략이 필요하다 싶었죠. 아직 첫날이니까 임팩트를 남기는 게 중요하잖아요. 서난 님이 절 택할 줄은 예상 못했지만."

하루 종일 날이 흐리다 싶더니, 기어코 비가 내리기 시작했다. 어두운 병실 창을 빗줄기가 거세게 쳐 댔다. 나는 자리에서 일어나 블라인드를 내리기 위해 창 앞으로 향했다. 얼핏 내 얼굴이 비쳤다. 선희와 완전히 같은 이목구비지만 가까운 사람들 중 내가 인플루언서 서난의 쌍둥이 언니라는 걸 알아보는 이는 없었다. 피부는 오랜 공장 일로 사포처럼 거칠어졌으며, 안색은 병상의 엄마 못지않게 어둡다. 불규칙한 간병 생활로 인해 표정에는 오로지 피곤만이 묻어나며 어깨는 노인처럼 굽어 또래보다 훨씬 나이 들어 보였다. 하지만 그 사실이 씁쓸하다거나 하지는 않다. 나는 선희를 질투하지 않는다. 질투할 필요가 없었다. 우리는 같은 씨앗에서 시작했지만 다른 방향으로 뻗어 갔을 뿐, 결국은 한 몸이므로.

출연자가 여덟이나 되는 만큼, 선희는 화면에 나왔다가도 금방 사라졌다. 엄마는 금세 방송에 흥미를 잃고 졸기 시작했다. 나는 자리로 돌아와 그런 엄마를 빤히 응시했다. 화

조예은

가 난 것처럼 굳게 다물린 입매. 아래로 처진 심부볼. 불쑥 오래전 아빠의 마지막 얼굴 역시 이와 비슷했을 거라는 생각이 들었다. 나는 손을 뻗어 엄마의 코를 쥐었다. 세게 꼬집듯이 움켜잡자 엄마가 화들짝 놀라며 깨어나 내 손을 쳐 냈다. 그러고는 무슨 짓이냐 외쳤다.

"엄마, 이거 기억 안 나?"

엄마는 영문을 모르겠다는 표정을 했다. 진짜 잊어버린 건지 아니면 잊어버린 척하는 건지 짐작할 수 없었다. 허무해진 나는 손을 내려놓고 다시 텔레비전을 바라봤다. 화면 안의 선희가 선베드에서 낮잠을 자는 출연자의 코를 가볍게 건드렸다. 화면 속의 선희와 눈이 마주친 것 같은 건 착각일까? 창 너머가 새하얗게 물드는 것과 동시에 무지막지한 천둥소리가 울려 퍼졌다. 세상이 둘로 쪼개지는 듯한 소리였다. 다음 순간, 텔레비전 화면은 쇼가 아닌 전혀 다른 장면을 송출하고 있었다. 아무리 모른 척해도 절대 사라지지 않는 어느 꿈의 기억이었다.

아마 아빠가 사고를 당하기 한 달쯤 전이었을 것이다. 단축 수업을 하는 날이라 평소보다 학교가 이르게 끝났다. 친구들이 놀이터에서 놀자고 했지만 배가 아파 선희를 두고 먼저 집에 올 수밖에 없었다. 엘리베이터에서 내리자 막 집에서 나서는 중년 남자가 보였다. 아빠의 회사 동료인 김 아저씨였다. 아저씨는 문 안쪽의 엄마에게 뭐라고 속삭인 뒤 빠르게 계단을 내려갔다. 우리 집은 3층이었고, 급할 때를 제외하고는 계단을 더 자주 이용했다. 아저씨가 2층으로 사라지자 조금 벌어져 있던 문이 완전히 닫혔다.

아빠가 지방으로 출장을 간 날이었다. 나는 집으로 들어가 엄마에게 그의 방문에 대해 물었다. 엄마는 내가 꿈을 꿨다며 시치미를 뗐다. 나는 화장실에서 계속 그 장면이 정말 꿈이었는지 고민했지만 꿈이 아니었다는 결론에 이르렀다. 잠이 든 적이 없는데 꿈일 리가 없었다. 그 장면이 꿈이라면 화장실에서 볼일을 보는 지금도 꿈이어야 했다. 허벅지를 세게 꼬집었지만 깨어나지 않았다. 그러자 의문은 더욱 짙어졌다. 김 아저씨는 집에서 나서며 엄마에게 사랑한다고 말했다.

사랑, 사랑이란 무엇인가? 사탕이나 사항을 잘못 들은 건가?

화장실에서 나오니 엄마가 마트에 갈 채비를 하고 있었다. 따라갈 거냐기에 그러겠다 답했다. 엄마는 마트에서 드물게 내가 먹고 싶다는 것들을 군말 없이 장바구니에 담았다. 미니 돈가스와 미니 핫도그, 젤리와 오렌지 맛 탄산음료

조예은

를 한 번에 전부. 그 역시 이상했다. 꿈처럼 이상했다. 나는 해산물 코너 앞에서 엄마를 향해 묻고 말았다. 나는 그때까지만 해도 눈치라고는 없는 어린애였다.

"엄마, 김 아저씨가 왜 엄마를 사랑해?"

엄마는 한동안 아무 말 없이 나를 내려다보았다. 분주하게 장을 보는 사람들이 어깨를 치고 지나가도 꼼짝도 하지 않았다. 그러길 한참, 갑자기 마트의 수조를 가리켰다. 죽음을 앞둔 우럭 한 마리가 헤엄치는 수조였다. 엄마는 낮게 가라앉은 목소리로 말했다.

"엄마는 이 우럭이야."

그리고 사랑이란 이 비좁은 수조를 채운 더러운 물과 같아. 그리 쾌적하지 않음에도 없으면 살아갈 수가 없거든. 이 우럭을 봐, 불쌍하지 않니? 엄마가 그래. 나는 대꾸했다. 엄마가 왜 물고기야. 그리고 그게 김 아저씨가 엄마를 사랑하는 거랑 무슨 상관인데? 그러자 엄마는 화가 난 얼굴로 외쳤다. 내가 우럭이라고! 한참이나 나를 노려보던 엄마는 손을 뻗어 내 코를 꼬집듯 붙잡았다.

"숨을 쉬어 봐."

나는 입으로 숨을 쉬었고, 엄마는 말했다.

"입을 벌리지 마. 숨도 쉬지 마. 숨을 쉬면 네 뺨을 때릴 거야."

그대로 숨을 참아 보았지만, 얼마 가지 못했다. 산소가 부족해 얼굴이 붉어짐과 동시에 나는 엄마의 말에도 불구하고 입을 열어 숨을 쉬었다. 그러자 엄마가 내 뺨을 쳤다. 그리 아프지는 않았다. 그렇다고 아예 아프지 않은 것도 아니었다.

"이제 알겠니?"

여전히 이해할 수 없었지만, 나는 고개를 끄덕였다. 엄마는 내가 이해했다고 답하기 전까지 계속 뺨을 때릴 기세였다. 내 대답에 엄마는 다리를 굽혀 눈을 마주 보았다. 그러고는 속삭이듯이 말했다.

"네 꿈은 아무한테도 말하지 마. 안 그러면 네 동생을 개 패듯이 팰 거야."

그날로부터 한 달 뒤, 아빠는 교통사고를 당했다. 음주 운전 차를 몰았던 건 김 아저씨였다. 아빠는 석 달 동안 병원비만 까먹으며 일어나지 못했고, 사고가 났던 것처럼 어느 날 갑자기 숨을 거뒀다.

아빠가 숨을 거두기 직전에 나는 또 꿈을 꿨다. 그 꿈에서 엄마는 내게 했던 것처럼, 아빠의 코와 입을 막고 있었다. 아빠가 엄마의 말을 잘 들었는지, 뺨 때리는 소리는 나지 않았다.

조예은

2

엄마는 홀몸으로 쌍둥이인 나와 선희를 키웠다. 대신 둘을 하나처럼 키웠다. 엄마에게는 딱 한 명분의 사랑만이 준비되어 있었다. 그러니까, 이런 계산이다. 엄마와 아빠는 애초에 각각 1인분의 사랑을 준비했다. 태어나는 아이가 한 명이었다면 그 아이에게 2인분의 사랑을 줄 수 있었다. 그건 부족하지 않았다. 그런데 우리가 눈치 없이 둘로 태어나는 바람에 각각 1인분의 사랑만을 공평히 나눠 받을 수밖에 없게 된 것이다. 엎친 데 덮친 격으로 아빠가 사고를 당하면서 우리에게는 1인분의 사랑밖에 남지 않았다. 1인분을 둘이서 나눠 가져야 했다. 그건 부족했다. 엄마는 그 이상을 준비할 여유는 없었다고 했다. 충분히 이해할 수 있었다. 이해해야만 했다.

여름의 끝자락인 8월 31일이 우리 생일이었다. 우리는 쌍둥이였으므로 생일이 같았다. 선물 상자는 늘 단 한 개가 준비되어 있었다. 더 저렴한 선물로 두 개를 준비할 수도 있었을 텐데, 엄마는 그러지 않았다. 선물은 단 하나였다. 엄마는 선물을 놓고 우리에게 누가 이 선물을 가질 것이냐고 물었다. 내가 기억하는 가장 첫 번째 선물은 샌들이었다. 만화 속 캐릭터가 신고 다닐 듯한 붉은 색 에나멜 샌들. 발등에는 앙증맞은 벨벳 리본이 달려 있어, 흰 양말에 아주 잘 어울릴 것 같았다. 우리는 발 사이즈도 같았지만 엄마는 단 한 명만이 이 샌들을 신을 수 있다고 했다.

"그러니 너희들이 고르렴. 누가 이 신발을 양보할래?"

사실 고백하자면, 나는 붉은색을 좋아하지 않았다. 대단한 이유는 아니었고 직전에 학급문고에서 읽은 동화가 하필 『빨간 구두』였기 때문이다. 책을 주문할 때 제대로 알아보지 않은 건지 동화책에는 '어른들을 위한'이라는 수식어가 붙어 있었고, 내용은 각색과 순화가 전혀 되지 않아 애들이 보기엔 다소 잔인했다. 찰나의 욕심에 잘못된 선택을 한 어린 주인공이 빨간 구두의 저주에 사로잡혀 끊임없이 춤을 추게 되었다는 이야기. 결국 발목이 잘렸으며 잘린 발목은 계속 춤을 추었다는. 어린 나는 그 책을 읽고 꽤 오래 악몽에 시달렸으므로 엄마가 가져온 샌들의 붉은색 에나멜 광택은 불길해 보이기만 했다. 그에 비해 선희는 샌들을 바라는 눈치였다. 우리는 한여름에도 샌들이 없어 밑창이 다 낡아 떨어지기 직전인 스니커즈만 신었다. 나는 선뜻 내가 양보하겠다고 말했다.

"그래, 원래 언니가 동생에게 양보하는 거야. 기특하다, 우

조예은

리 수미."

선의나 책임감보다는 나름대로 머리를 굴린 선택이었다. 그다지 탐이 나지 않는 올해의 선물을 양보하면 내년에 더 마음에 드는 선물이 나타났을 때 내 것이라고 주장할 수 있는 근거가 생기는 거였다. 그런 심리를 엄마가 알아챘는지는 모르겠다. 어쨌든, 엄마는 내 앞으로 다가와 나를 다정하게 안았다. 아빠가 사고를 당한 이후로 그만큼 따뜻한 포옹은 받아 본 적이 없었다. 그간 차곡차곡 쌓였던 혼란과 분노가 온기에 사르르 녹아내리는 기분이었다.

그건 엄마가 우리를 위해 준비한 그날분의 사랑을 모조리 쏟아 넣은 포옹이었다. 엄마는 나를 안은 채로 10여 분간 온갖 칭찬을 쏟아 냈다. 내가 얼마나 배려 넘치고 의젓한 아이인지, 그런 나를 낳아서 행복하다며 내 양 뺨에 번갈아 입을 맞추고 머리를 쓰다듬고 온화한 미소를 보냈다. 나는 생일 선물을 받지 못했지만 충분한 만족감을 얻었다. 그 시간 동안 동생 선희는 물끄러미 샌들의 리본을 바라보고만 있었다.

칭찬의 시간이 끝나자 엄마는 이번엔 선희 앞으로 다가갔다. 그리고 장승처럼 우뚝 선 채 우리 둘을 번갈아 보며 말했다.

"엄마는 너희를 공평하게 키울 거야."

그러고는 샌들이 든 상자를 선희에게 건넸다. 선희는 환히 웃으며 받아 들었다. 엄마의 얼굴에는 미소가 없었다. 조금 전까지 내게 보였던 온정은 완전히 자취를 감추었다. 선희는 선물을 받고서도 뭔가 이상하다는 생각에 눈치를 보았다. 엄마가 선희의 보드라운 뺨을 세게 갈긴 건 바로 그때였다. 오른쪽과 왼쪽, 양 뺨에 정확히 두 번 짝 소리가 났다.

당황한 선희는 눈물조차 흘리지 못했다. 샌들 상자만을 꽉 안을 뿐이었다. 엄마는 허리를 굽혀 선희와 눈을 맞추며 말했다. 나에게 했던 것과는 정반대로 어떤 애정도 담지 않은 채 너는 양보도 배려도 모르는 나쁜 아이라고 훈계했다.

"울지 마. 넌 선물을 받았잖니? 이 욕심쟁이, 뭘 잘했다고 울어?"

그렇다. 선희는 샌들을 얻었지만 생일날 마땅히 받아야 할 사랑과 축하는 조금도 얻지 못한 것이다. 엄마의 '공평함'이란 물질적 축하와 정신적 축하를 완전히 구별해 하나씩 부여하는 걸 뜻했다. 둘 모두를 받을 수는 없었다. 하나를 얻으면 하나는 포기해야 했다. 그날의 기억으로 나는 깨달았다. 누군가 가진 것은 다른 한 명이 영영 가질 수 없다는 걸.

그 깨우침은 시멘트가 미처 말라붙기 전 지나간 발자국처럼 내 안에 선명히 남아 단단히 굳었다. 내가 언젠가 선희의

조예은

샌들을 몰래 신고 나가거나 허락을 맡고 신는다 하더라도 그건 어쨌든 선희의 물건이었다. 하지만 나는 엄마의 사랑을 독차지할 수 있었다. 이런 일이 반복되었다. 어린이날이나 크리스마스, 매년마다 돌아오는 생일과 졸업식, 입학식까지도. 우리 앞에는 늘 단 하나의 꽃다발과 선물이 놓였다. 선택은 항상 우리 몫이었다.

나는 매번 양보했다. 동생이 먼저 양보할까 벌벌 떨면서 서둘러 양보했다. 엄마는 좋은 언니는 동생에게 양보를 잘해야 한다고 말했다. 나는 좋은 언니였고, 동생은 욕심에 눈이 먼 나쁜 동생이 되었다. 나는 칭찬과 포옹을 받았고, 선희는 선물을 안고서 뺨을 맞았다.

나는 내 역할에 만족했다. 엄마는 언제 어디서나 나를 착하고 좋은 언니로 소개했고, 동생 선희는 욕심 많고 철이 없어 언니보다 못한 동생으로 대했다. 그럴수록 선희는 선물에 집착하기 시작했다. 어차피 남는 게 물건뿐이라면 더, 더 좋은 선물을 원했다. 아직 우리는 자라고 있었다. 뇌가 주무르는 대로 모양을 바꾸는 사춘기였다는 말이다. 언제부턴가 나는 내가 진짜 좋은 언니이며, 좋은 언니여야만 한다는 착각에 빠졌고 엄마에게 제대로 된 축하 한 번을 받지 못한 선희는 선물을 향해 손을 뻗으면서도 자신이 끔찍하게 나쁜, 구제 불능의 아이라는 죄책감을 쌓아 갔다. 선희는 늘 나에게 미안해했다. 자신이 언니의 것을 빼앗았으며, 그러기 때문에 언니의 말을 잘 들어야 한다는 강박에 사로잡혔다.

여기까지가 우리끼리의 속사정이라면, 겉으로 보이는 모습은 조금 달랐다. 내가 대부분의 학교생활을 소매가 닳은 생활복으로 후줄근하게 보낸 것에 비해 선희는 유행하는 아이템들을 빠뜨리지 않고 착용했다. 최신 폰과 브랜드 운동화, 보라색 카디건과 바람막이, 명품 로고 펜던트 목걸이를 착용하고서 그에 어울리게 스스로를 가꿨다. 선희는 엄마로부터 받지 못한 애정을 언니인 나와 친구들, 또 얼굴조차 알지 못하는 익명의 이들로부터 채우고자 했다.

전교의 모두가 선희를 좋아했다. 선희는 자랄수록 아름다워지고 빛이 났다. 뺨 한쪽을 대가로 더 많은 아이템을 가질수록 자신에게 무엇이 잘 어울리는지, 어떻게 해야 더 매력적으로 보이는지를 알았다. 그런 감각을 일찍 깨우친 데에는 선희에게 남은 게 오로지 그뿐이었던 탓도 있었다. 선희가 없는 곳에서도 선희의 이름을 말하면 누군가는 아, 그 예쁜 애? 그 잘 꾸미는 애? 했다. 그에 비해 나는 분명 선희와 같은 얼굴을 가졌음에도 교실 한 구석의 빛바랜 커튼처럼 눈에 띄지 않았다. 한참 외모에 관심이 많을 나이였다. 당시에 질투하지 않았다면 거짓말이다. 하지만 나는 전혀 다른 방법으로 나의 열등감을 해소했다.

선희는 매번 보란 듯이 쉬는 시간이나 점심시간마다 자신을 따르는 친구들을 내팽개쳐 놓고 굳이 나를 찾아와 시간을 보냈다. 단둘이 매점에 가거나, 도서관에 책을 빌리러 가는 식이었다. 그런 행동에는 엄마가 심어 놓은 어떤 부채감이 작용했을 터였다. 뒤늦게 나와 선희가 쌍둥이 자매라는 소문이 퍼지자 선희와 친해지기 위해 나에게 접근하는 아이들이 생겨났다. 자질구레한 선물부터 현금을 가지고 와서 부탁하는 아이들도 있었다. 나에게 죄책감을 가진 선희는 내 말이라면 껌뻑 죽었다. 나는 그중 정말로 괜찮아 보이는 아이와 다리를 놔 주었다.

나는 뭐랄까, 선희가 빛이 날수록 함께 빛나는 기분이었다. 그런 기분을 그때 처음 느꼈다. 몸은 분리되었지만 나와 선희는 결국 하나라는 감각 말이다. 선희가 모두에게 주목을 받음으로써 나 역시 가치를 더했다. 나는 모두가 주목하는 관심의 대상자는 아니었지만 그런 선희와 누구보다 밀접했고, 영향력을 행사할 수 있었다. 선희가 화면 속 캐릭터라면 나는 조이스틱을 쥔 플레이어였다.

선희는 내 말을 늘 귀담아 들었다. 언니는 늘 나를 위해 양보하잖아. 언니 말은 늘 다 맞지. 그렇게 대꾸하며 내가 싫어하는 아이들과 멀어지고 내가 좋게 보는 아이들과 가깝게 지냈다. 학창 시절부터 이어진 이 기묘한 균형은 엄마의 가출이후 아이러니하게도 더 견고해졌고, 성인이 된 아직까지도 이어지고 있었다.

마트 안 좁은 수조 속 우럭과 같았던 엄마는 우리가 열일곱 살이 되는 해에 집을 나갔다. 어디서 스크린 골프장을 하는 남자와 새살림을 차렸다고 했다. 대신 노쇠한 외할머니가 들어와 우리를 돌봤다. 초반에 꼬박꼬박 보내오던 양육비가 끊기자 생활고에 시달릴 수밖에 없었다.

나는 그 지경이 되어서도 빛나는 선희를 포기할 수 없었다. 오히려 선희를 누구보다 빛나게 하는 데 더욱 집착했다. 어느 정도였느냐면, 나는 학교를 다니면서도 선희에게 스스로를 가꾸기 위한 용돈을 주려고 알바를 뛰었다. 교과서나 문제집에 보면 동생들을 부양하기 위해 스스로의 미래를 포기하고 일찍이 돈을 버는 장녀의 이야기가 자주 나왔다. 불과 몇 초 일찍 태어난 언니이지만 나는 그게 당연하다고 생각했다. 내가 언니였고, 나는 좋은 언니였으며…… 그래야 선희에게 죄책감을 심어 줄 수 있었으니까.

조예은

선희는 그 돈을 당연하게 받아 필요한 데 썼다. 한번은 용돈을 한 푼도 쓰지 않고 모으기에 무엇을 사려고 그러느냐 물었더니, 노트북을 사고 싶다고 했다. 당시 선희는 SNS에서 꽤 많은 팔로워를 가지고 있었는데, 아예 동영상 채널을 만들어 일상 브이로그를 직접 편집해 올리고 싶다는 이유에서였다. 선희는 #여고생 #수험생일상 #공스타그램 등등의 해시태그를 걸어 활동했고, 채널은 꽤 잘되었다. 무슨 기획사에서도 DM으로 연락을 해 올 정도였다. 실제로 학교 앞까지 찾아온 캐스팅 매니저도 있었다.

나는 아이돌이 된 선희를 자주 상상했다. 지금보다 더 반짝일게 분명한데도 마음에 들지 않았다. 이유는 단순했다. 아이돌이 된 선희는 내 손을 벗어나기 때문이다. 선희의 곁에는 선희만큼 어쩌면 선희보다 더 빛나는 다른 아이들이 함께 설 테고, 그들은 한데 묶여 프로듀서나 소속사의 관리 아래 대중들에게 내보여지겠지. 그건 선희가 아무리 빛나 봤자 나와는 상관없는 일이 된다는 말이었다. 나는 데뷔라는 말에 혹하는 선희에게 연예계의 병폐와 연락한 소속사의 안 좋은 지라시들을 들이밀었다. 선희는 이번에도 내 말을 잘 들었다. 언니는 양보를 하고, 동생은 언니의 말에 따른다. 바람직한 그림이었다. 나는 더불어 조언했다.

"일단 대학에 가. 아주 좋은 곳에 갈 필요는 없어. 하지만 네가 갈 수 있는 가장 좋은 곳에 가. 담임이 말했잖아. 사회에 서는 대학이 일종의 커트라인이 되기도 한다고. 하지만 알다시피 우리 둘 다 가기는 힘들어. 선택과 집중을 하는 게 나아. 학비와 생활비 모두 내가 벌어서 지원해 줄게. 일단 네가 먼저 들어가고 좀 안정되면 난 나중에 들어가지 뭐."

그때, 선희가 나를 껴안았다. 그리고 계속 미안하다고 했다. 나는 미안해하는 선희를 보며 오히려 미안해졌다. 아마 선희는 내가 다른 누구도 아닌 나 자신을 위해 이런 선택을 했다는 걸, 네 다른 선택지를 막고 네 의사를 조종하며 삶의 의미와 즐거움을 얻는다는 건 모를 터였다. 나는 오래전에 엄마가 나에게 해 준 것처럼 그날에 내가 가진 모든 애정을 담아 선희를 안아 주었다. 그게 내가 해 줄 수 있는 전부였다. 우리는 달빛이 비치는 좁은 방에 바짝 달라붙어 있었다. 그러다 한 몸이 될 수도 있겠다는 생각이 들 때쯤, 내 어깨에 이마를 대고서 울던 선희가 불쑥 고개를 들어 나를 마주 보았다. 그리고 길쭉한 손을 뻗어 내 양 볼을 단단히 붙잡았다. 그때 마주한 선희의 얼굴은 나로선 아주 낯선, 분명 내 얼굴 이기도 한데 태어나서 처음 보는 사람의 것처럼 생소하기도 한, 믿을 수 없을 만큼 울분에 찬…… 그런 표정이었다. 한참

조예은

후 선희는 말했다.

"언니는 아무것도 몰라."

그건 내가 하고 싶은 말이었는데.

어둠 속에서 무언가가 반짝였다. 내가 '그것'을 손에 쥔 순간이었다.

선희의 채널은 계속 유명해졌다. 집중하느라 흘러내린 머리카락 너머로 보이는 선희의 옆태가 완벽했기 때문이다. 그 사이 나는 시간을 분 단위로 쪼개 돈을 벌었다. 막창집에서도 일하고 돼지 창자 빼는 공장에서도 일하고 닭털 뽑는 양계장에서도 일했다. 그리하여 선희는 명문대에 속하는 4년제 경영학부에 입학했고, 나는 졸업과 동시에 공장에 취직했다. 여러 크고 작은 공장을 옮겨 다니는 사이 선희와 나의 얼굴은 점점 달라졌다. 내가 축축한 땅 밑으로 파고 들어갈수록 선희는 만개했다. 처음 보는 사람들은 내가 선희와 쌍둥이라는 걸 전혀 알아보지 못했다.

대학에 들어간 선희는 학교 모델로 선정되면서 소위 말하는 SNS 스타의 반열에 올랐다. 유튜브 채널 구독자는 수십만이었다. 언젠가는 영상의 인기 댓글을 보는데, 선희를 향해 '좋은 가정에서 사랑받으며 자란 티가 난다'라고 했다. 부티, 귀티, 그런 단어들을 보며 나는 크게 웃었다. 뿌듯했다. 도대체 그런 티를 어디서 읽어 내는지는 알 수 없었지만, 적어도 하나는 확실했다. 사람들이 선희로부터 어떤 윤택함과 사랑스러움을 읽어 낸다면, 그건 전부 내가 양보하고 희생해서 만들어진 것이었다. 그러므로 선희는, 나의 철없는 동생은 내 또 다른 삶 그 자체. 나는 스스로를 사랑하듯이 선희를 사랑했다.

선희가 대학생이 되고부터는 이전처럼 자주 연락을 주고받을 수 없었다. 나는 그래도 언제 어디서든지 선희를 볼 수 있었다. 선희가 올리는 영상과 사진들, 불시에 켜는 라이브 방송, 광고를 맡은 쇼핑몰 홈페이지에서. 선희는 자신이 보고 먹고 느낀 모든 것을 성실하게 공유하는 업로더였다. 꼭 누군가에게 보고라도 하는 것처럼 세세한 것까지 전부 찍어 올렸다. 트위터 계정을 만들어 팔로워가 많은 팬 계정을 팔로우하면 그들이 10분짜리 영상에서 얼마나 디테일한 진실들을 찾아내는지도 볼 수 있었다. 예를 들면, 선희가 최근에 베개 커버를 바꿨다는 것과 싱크대에 설거짓거리가 쌓여 있다는 사실까지도 말이다. 드물게 목격담이 올라오기도 했다. 그럴 땐 갑작스런 선물을 받은 기분이었다. 무엇보다, 영상 안에서 내

조예은

흔적을 발견할 때가 제일 즐거웠다. 모은 돈으로 선희에게 어울릴 것 같은 옷과 액세서리를 사서 보냈다. 선희는 매번 메시지로 고맙다고 전했고, 영상에 선물들을 착용하고 나왔다. 놀라울 만큼 잘 어울렸다. 선희는 물건들을 제값보다 비싸 보이게 만드는 모델이었다. 내가 선물한 아이템들은 곧 품절되었고 선희의 팬들은 선희의 스타일을 따라했다. 그러므로 선희의 좋은 안목이란 결국 내 안목이기도 했다.

이렇게 말하니 꼭 선희를 향한 내 사랑이 일방적인 것 같지만, 그렇지 않다. 내가 선희를 귀하게 여기는 것 못지않게 선희는 나에게 의지했다. 지금의 자신을 만든 게 나라는 걸 선희 역시 알기 때문이다. 중요한 선택의 순간마다 선희는 나에게 전화를 걸어 어떻게 했으면 좋겠냐고 물었다. 내가 의견을 이야기하면 선희는 곧장 따랐다. 선희의 대학과 학과를 결정한 것도, 성인이 되고 사귄 첫 번째 남자 친구를 골라 준 것도, 이별을 결심하게 한 것도, 두 번째와 세 번째 남자 친구를 골라 준 것도, 수강 과목과 방학 동안 따야 할 자격증, 아르바이트를 정해 준 것도 전부 나였다. 선희는 반발하지 않았다. 내가 사귀어 보라고 하면 사귀었고 이제 그만 헤어지라고 하면 헤어졌다. 그리고 연인과 찍은 사진들은 전부 함께 지웠다. 그러면 내가 선희의 모든 연애와 이별을 같이 겪는 듯한 기분이 들었다. 딱히 틀린 말은 아니었다. 우리는 원래 하나였고, 이어져 있으니까. 한 송이의 수선화를 이루는 꽃과 뿌리이니까. 선희는 나에게 반발할 수 없다. 뿌리가 없으면 꽃은 죽는다.

무엇보다 나에게는 '그것'이 있었다. '그것'이 있는 한 선희는 절대로 내 말을 어길 수 없었다.

3

〈러브 펜션〉 2화가 끝나자마자 선희에게서 전화가 걸려왔다. 나는 병실을 나와 로비에서 전화를 받았다. 선희가 방송을 보았냐고 물었다. 선희의 목소리는 피곤에 잠겨 있었다. 쇼는 마지막 화를 제외하곤 생방송이 아니니, 아마 아직 촬영장인 펜션에서 지내고 있을 터였다. 선희가 선뜻 물었다.

[어때, 좀 괜찮아 보이는 사람 있어?]

"나보다는 네 마음에 들어야지."

[나야 뭐, 매번 그렇듯 미적지근하지. 언니 눈에 괜찮아 보이는 사람 있으면 좀 유심히 봐 볼게. 아직 마지막 선택은 남아 있으니까.]

2화 끝자락에서 누군가 선희에게 비밀 데이트를 신청했

조예은

다. 신청자가 누구인지는 밝혀지지 않았지만, 직진하겠다는 여행 유튜버일 것이 분명했다. 방송 내내 여행 유튜버는 부담스러울 만큼 저돌적으로 행동했다. 오로지 선희만을 바라보는 개새끼처럼 졸졸 쫓아다녔다. 그를 대하는 선희의 태도에는 불쾌함과 귀찮음밖에 없었다. 시청자 반응도 좋지 않다. 방송에서는 열심히 그를 사랑에 눈먼 남자로 포장했지만 자신의 감정에 사로잡힌 그는 무례했으며 만난 지 고작 하루 만에 10년은 매달린 짝사랑을 대하듯 애절한 모습이 오히려 작위적으로 보였다. 허나 그 모든 후기는 당사자가 아닌 그를 바라보는 타인이 읽어 낸 것에 불과하다. 진심 어린 행동이 늘 좋은 결과를 이끌어 내지는 않는다. 나는 찰나에 선희의 내면을 읽듯이 그 한 시간 30분짜리 쇼 안에서 남자의 눈빛에 담긴 어떤 진심을 발견했다. 누가 뭐래든, 내가 보기에 그는 진심이었다. 통하든 통하지 않든 진심으로 자신의 모든 것을 내보이며 부딪치고 있었다.

한번 진심을 읽어 내자 그의 행동이 하나하나 다르게 다가왔다. 나는 궁금해졌다. 첫눈에 반한다니. 그런게 과연 가능한 것일까? 그 남자는 선희의 무엇을 보고 첫눈에 반했나? 만약 선희가 아닌 같은 얼굴의 나였어도, 그 사람은 반했을까?

아니, 아니다. 이런 질문은 의미가 없다. 그는 잘 가꿔진 상태의 선희를 마주했고, 그래서 반한 것이다. 첫 만남의 마법이란 공간과 운을 포함한 여러 가지 조건이 복합적으로 맞아떨어졌을 때 힘을 발휘한다. 그렇다면 질문을 약간 바꿔 보자. 남자의 마음이 진심이라는 가정하에 선희가 어느 날 갑자기 폐인이 되어 모든 빛을 잃는다면, 그리하여 마치 지금의 나와 같은 모습이 된다면 그래도 남자는 선희를 사랑할 것인가?

궁금했다. 나는 그동안 선희의 남자 친구를 골라 줄 때 두 가지 기준을 적용했다. 첫 번째, 위험 요소가 적어야 했다. 조금이라도 폭력적이거나 안 좋은 소문이 있는 남자를 먼저 소거법으로 걸러 냈다. 두 번째, 내 호기심을 자극해야 했다. 직업이든지 성격이든지 뭐라도 하나씩은 궁금하게 만드는 면이 있어야 했다. 지루한 것은 참을 수 없었다. 선희의 연애는 곧 나의 연애이자, 방청객이면서 동시에 감독인 내가 들여다보는 일종의 콘텐츠였다. 내 머릿속에는 작은 무대가 하나 있었고, 그 안에서는 시시때때로 인형극이 벌어졌다. 주인공은 바뀌지 않는다. 모든 콘텐츠는 옴니버스식이며, 상대 배역만이 교체된다.

섭외를 제안한 〈러브 펜션〉에 나가라고 부추긴 것도 나였

조예은

다. 그동안 선희의 연애를 컨트롤하면서 딱 한 가지 불만족스러웠던 건 그들의 일거수일투족을 들여다볼 수 없다는 거였다. 선희가 자주 사진과 영상을 올리고 있었던 일을 이야기해 주었지만 그것으로는 부족했다. 나는 더 생생한 공유를 원했으므로, 점점 더 부족해졌다. 그런 와중에 한정된 공간에서 함께 지내야 하는 리얼리티 쇼의 제안은 거부할 수 없는 것이었다.

성운이라는 이름의 유튜버는, 확실히 호기심을 자극했다. 맹목적인 마음을 거침없이 드러내는 이를 보면 꼭 꺾어 주고야 싶어지는 법이다. 적어도 선희를 둘러싼 모든 마음을 콘텐츠로만 즐기는 나는 그렇다. 대화 한번 제대로 나눠 보지 않은 상대를 향해 당당히 첫눈에 반했다는 말을 내뱉는 사람은 용감한 것인가 경솔한 것인가? 그 둘이 완전히 구분될 필요는 없었지만, 그래서 한 번 더 시험해 보고 싶었다. 나는 숙소에 거의 도착했다며 전화를 끊으려는 선희를 향해 말했다.

"첫 번째 비밀 데이트 한 거 누구야?"

[뻔하지. 그 여행 유튜버. 걔 때문에 귀찮아 죽겠어.]

"걔. 걔랑 잘해 봐."

걸음을 멈춘 듯 스피커 너머 주변 소음이 선명해졌다. 잠시의 침묵 후에 선희가 물었다.

[걔가 마음에 들어?]

"난 방송밖에 안 봤으니까. 네가 보기엔 어때?"

[별로야. 내 스타일이 아니야.]

"생방까지는 좀 남았지? 다른 사람한테 튼 거야?"

선희가 작게 한숨을 내쉬었다. 어차피 방송 보면 나올 테니까, 하고 중얼거린 뒤 말했다.

[너무 집요해. 내가 싫다는데도 눈치 없이 계속 들이댄다고.]

"잘됐네. 한번 잘해 봐. 사귀 보고 별로면 차면 되지."

[어차피 여기 나오는 애들 다 채널 홍보용으로 나오는 거야. 첫눈에 반했다 어쨌다 다 대본이라고.]

"진심일 수도 있잖아."

[갑자기 애처럼 왜 그래?]

"너야말로 왜 갑자기 까탈을 부려?"

[까탈?]

"그동안은 내 말에 싫다고 한 적 없었잖아."

[없었지. 난 언니 말 잘 듣는 동생이고 싶었고, 언니가 딱히 나한테 안 좋은 선택지를 내민 것도 아니었으니까. 하지만 언니는 단 한 번이라도 진짜 내 마음이 궁금했던 적은 없어? 이번엔 싫어. 언니 말 안 들을래.]

조예은

순간 귀를 의심했다. 내가 뭐라고 되물을 틈도 없이 선희는 전화를 끊었다. 언니는 아무것도 몰라. 불쑥 오래전 선희의 중얼거림이 스쳤다. 내가 모르는 게 있다고? 진짜 마음이 궁금하지 않느냐고? 그렇다. 궁금하지 않다. 왜냐하면 다 보이니까. 뻔히 보이는 걸 누가 궁금해하겠는가? 선희는 그저 짜증을 부리고 있었다. 그다지 마음에 들지 않는 상대를 내가 마음에 들어 해서 신경질이 난 것이다. 하지만 이렇게 대놓고 내 의사를 무시하겠다고 한 적은 없었다.

나는 홈 화면으로 돌아온 액정을 망연히 응시했다. 머리 끝까지 치솟는 분노를 억누르고 곰곰이 생각했다. 갑작스레 벌어진 다툼의 원인에 대해. 그래, 이해 가능한 영역으로 가져오고 싶었다는 말이다. 지금 나에게 있어서 선희의 반발은 그만큼 충격적인 것이었다. 선희가 왜 이러는지 알아야 했다. 그래야 앞으로도 선희를 내 머릿속 무대 위에 세울 수 있었다.

떠올려 보면, 그동안 내가 고른 건 선희가 내민 선택지 안에서였다. 사회과학부와 경영학부 중 어디를 갈까? 김준석과 박창윤 중 누구를 사귈까? 휴학을 할까, 말까? 이런 식이었다. 그렇다는 건, 선택지를 내밀기 전에 선희 안에서 이미 선별 작업이 이루어졌다는 이야기이기도 했다. 아마 내가 뜬

금없이 예술학부를 지원하라고 했다면 선희는 무시했을 것이다. 김준석과 박창윤 이외에도 선희 주변을 맴돈 다른 이들이 있었을 것이다. 하지만 이번은 다르다. 선희가 먼저 선택지를 내밀기 전에 내 앞에는 쇼의 출연자들이라는 선택지가 놓였다. 그러니까, 성운은 지금까지로 치면 선희가 알아서 거른 선택지의 탈락자에 속하는데 내가 하필 그를 고른 것이다.

나는 은은한 낭패감과 강렬한 배신감에 휩싸였다. 태어나서 난생 처음 느껴 보는 기분이었다. 나는 내가 지금껏 선희의 모든 선택지를 쥐고 있다고 생각했다. 선희가 나에게 알아서 자신의 모든 것을 맡겼다고도 생각했다. 그런데 그게 아니었다. 선희에게 내가 모르는 또 다른 선택지들이 있었고, 그걸 알아서 걸러 냈다. 자의를 가지고. 그 점이 중요했다……. 선희는 어쩌면 단 한 번도, 내게 전부를 내밀었던 적이 없는 것 아닐까? 내 피와 땀과 노력으로 일군 그 싱그러운 얼굴로 뻔뻔스레 나를 관찰하며 비웃었던 건 아닌가? 내 그간의 희생은 고작 그 정도일 수 없었다. 나는 선희가 치워 버린 미달의 선택지까지도 알 권리가 있었다. 그것이 미달이라고 판단하는 것 역시 내가 해야 할 일이었다. 선희는 이를테면, 거대한 케이크의 반을 멋대로 퍼먹고서 남은 반을 들

조예은

이밀며 이 중 한 조각만 더 먹을 테니 골라 보라고 한 것이다. 그건 기만이었다. 나는 그런 줄도 모르고 케이크가 애초에 두 조각인 줄로만 알고 살았다. 어리석었다. 당장에 스스로의 코를 붙잡고 뺨을 갈기고 싶을 정도로 어리석었다. 간과한 사실을 깨닫자 분노가 치밀어 오름과 동시에 오기가 생겼다. 선희에게 다시 한번 제대로 보여 줄 필요가 있었다. 꽃은 뿌리 없이는 필 수도 유지할 수도 없다는 걸, 네 삶을 만든 게 바로 나라는 걸 말이다.

성운의 여행 채널과 SNS는 어렵지 않게 찾을 수 있었다. 2화가 방영된 후 팔로워가 조금 더 늘어 6만 명이었다. 가장 최근 올린 셀카의 댓글에는 질투와 응원의 메시지가 오묘한 조화를 이루었다. 나는 그의 피드를 쭉 훑었다. 가장 조회 수가 높은 동영상도 몇 개 보았다. 얼굴이 익숙해질수록 내 눈에는 그의 진실함이 보였다. 남아메리카의 거대한 폭포를 바라보는 눈빛에서, 네팔의 산을 하이킹할 때의 표정에서, 갱단을 만나 죽을 뻔했다가 간신히 도망쳐 돌아온 숙소에서 조촐한 식사를 하는 영상에서 나타났다. 그는 매 순간에 진심이었다. 선희가 집요하다고 판단한 바로 그 순도 높은 열정이, 그의 모든 콘텐츠에 고스란히 드러나 있었다.

병실로 돌아와 엄마를 재우고서도 두 시간이 넘도록 액

정 안의 그를 쫓았다. 그에 대해 알아 갈수록 내 확신은 점점 더 짙어졌다. 다음 무대에 상대역으로 오를 이는 바로 이 남자였다. 더군다나, 그는 선희에게 첫눈에 반했다고 하지 않은가? 선희는 역시 고생을 하지 않아 뭘 모른다. 진짜 배역을 가릴 의식도 뭣도 없다. 지금까지 얼마나 많은 더 좋은 선택지들을 흘려보냈을지 생각하면 아쉬웠으나, 괜찮았다. 뭐든 앞으로가 중요한 거니까. 이제부터 더 잘하면 되는 일이었다.

새벽 2시가 가까워지고 있었다. 프로그램 참가 규정상 방영이 끝날 때까지는 개인 SNS 업로드에 제약이 있다고 들었다. 진행 내용이나 결과를 알리지 않는 선의 업로드만이 가능했다. 선희의 계정이 들어갔더니 새 게시물이 올라와 있었다. 신생 스킨케어 브랜드의 협찬 광고인 듯, 마스크 팩을 한 선희가 여러 각도로 셀카와 제품 사진을 찍어 올렸다. 배경은 〈러브 펜션〉 숙소였다. 별 특이점 없는 사진이라 SNS에서 나와 팬 계정으로 옮겨 갔다. 아니나 다를까 새벽임에도 올라온 지 1분도 되지 않은 사진을 가지고 팬들은 이야기를 나누고 있었다. 그중 누군가 제품과 함께 디피된 꽃을 가리키며 말했다.

[그런데 이거 오늘 예고편에서 쿠즈가 샀던 꽃 같은데. 둘

조예은

이 잘되고 있나?]

쿠즈는 첫인상 투표에서 선희가 골랐던 뮤지션이었다. 그는 선희에게 투표를 하지는 않았지만 인터뷰에서는 관심 상대로 선희를 꼽았다. 그제야 선희가 내 말에 반발한 진짜 이유를 알 것 같았다. 이미 잘되고 있는 다른 사람이 있었던 것이다.

다시 한번 분노가 치밀었다. 난데없이 만난 괴한에게 머리를 가격당한 급의 충격이었다. 왜 나에게 먼저 말하지 않았지? 아니, 중요한 건 그게 아니다. 지금껏 선희가 내 허락 없이 사람을 사귀었던 적이 있었나? 원래 같았으면 방송이 시작된 지 얼마 되지 않았다 하더라도 사진과 함께 구체적인 상황을 전했을 것이다. 하지만 선희는 첫 화가 끝날 때까지 어떤 조짐도 없었다.

불쑥 걷잡을 수 없는 불안이 밀려들었다. 선희에게 내가 모르는 무언가가 있다. 그런 건 있을 수 없는 일인데 바로 그 일이 벌어졌다. 내 몸이 밤사이 멋대로 움직이며 낯선 이들을 만나고 다녔더라도 이 정도로 배신감을 느끼진 않을 터였다. 내가 가장 잘 알고 있어야 하는 대상이, 매일 잎을 닦아주고 물과 영양제를 주는 화병 속의 화초가 멋대로 화분을 기어 나와 바깥세상을 거닐었다는 것이다.

선희가 나에게서 분리되려 한다. 내 젊음과 노동력과 시간을 잡아먹어 홀로 빛나는 꽃이 뿌리로부터 도망치려 한다. 꽃은 뿌리 없이는 오래 유지할 수 없다. 자유를 느낄지언정 곧 말라 죽어 버릴 텐데. 그건 나에게도 선희에게도 있어서는 안 될 일이었다.

시간은 어느덧 새벽 3시를 가리켰다. 내일은 아침 일찍부터 연어를 손질해야 한다. 전국으로 배송을 나갈 도시락 작업이 끝나면 손끝은 물론 머리카락 한 올 한 올에까지 비린내가 밸 것이다. 그 상태로 횟집의 저녁 서빙을 해야 했다. 지금 잠든다 해도 네 시간밖에 자지 못한다. 나는 피로한 눈을 부릅뜬 채로 클라우드 어플에 들어갔다. 파일 정렬 순서를 오래된 순으로 설정했더니 제일 상단에 '그것'이 나타났다. 나는 평소에 그것을 잘 떠올리지 않는다. 선희에게 위협이 되는 만큼 그것은 나에게도 역시 위협적이다. 다만, 이렇게 써야만 할 때가 온다. 나는 간만에 '그것'을 재생시켰다. 앞뒤로 잘라 낸 탓에 5분이 채 되지 않는 짧은 영상이다.

'언니는 아무것도 몰라.'

어둠 속의 선희가 말한다. 지금보다 앳된 목소리. 영상의 첫 장면은 어둠이다. 오로지 어둠뿐이다. 시야가 점점 밝아지지만 나는 화면을 멈추고 더 이상 나아가지 못한다. 나는 오늘도 영상을 끝까지 보는 데 실패한다. 결국 영상을 끄고 나와 폴더를 캡처했다. 폴더의 이름은 0927. 영상이 찍힌 날짜였다. 그날 선희는 나에게 절대 보여서는 안 될 것을 내보였고 나는 그것을 지금까지 인질로 잡고 있다. '그것'이 있는 한 선희는 내 말을 따를 수밖에 없다. 그건 오랜 시간 변하지 않는 것은 물론 지금의 우리를 유지시키는 불문율이었다.

나는 폴더를 캡처한 사진을 선희에게 보냈다. 메시지 옆의 1은 거의 바로 사라졌다. 역시 선희도 잠들지 못하고 있었다. 아무 말도 없기에 나 역시 한마디만을 더 보내고 대화창에서 나왔다.

[이날 했던 말 기억하지? 넌 내가 원하는 대로 다 하겠다고 했어.]

다음 날, 선희에게선 단 세 글자의 답장이 도착해 있었다.

[기억해.]

그렇다면 더 떠오르게 할 필요는 없었다. 나는 가벼운 마음으로 출근했다. 수십 개의 연어도시락을 포장했다. 점심시간에는 선희가 엄마의 호스피스 입원비를 보내왔다. 장문의 메시지가 함께였다.

[어제 언니랑 싸우고 오래 생각해 봤어. 마침 데이트 촬영이 있었는데 언니 때문에 하나도 집중 못 한 거 알아? 어쨌든, 중요한 건 이게 아니니까. 애초에 난 이 프로그램에도 언니 때문에 출연했어. 언니가 나가 보라고 해서 나간 거야. 우리에게는 분명 남들이 쉽게 이해지 못할 균형이 있지. 언니는 나를 위해 희생하고, 나는 언니의 만족을 위해 움직여. 나는 이걸 어길 생각이 없어. 언니가 나를 위해 어렸을 때부터 많은 걸 포기했다는 걸 알아. 그리고 그게 아무리 유별난 엄마의 정서적 학대였다 한들 지금에 와서는 딱히 균형을 깨뜨릴 필요성을 느끼지 못해. 나는 언니와 이어져 있고, 늘 언니의 편이야. 우리는 애초에 하나였잖아.

하지만 한마디로 말할게. 언니가 고른 개하고는 사귀기 싫어. 둘 사이에 불쾌한 사건이 있었던 건 아냐. 그냥 싫어. 친구로서는 괜찮지만, 그 이상의 관계를 맺긴 싫다고. 난 이번 프로그램에서 아무도 사귀지 않을 거야. 방송이니까 다른 누군가랑 뭔가 진행되는 것처럼 나갈 수는 있는데, 생방송인 최종 선택에서는 아무도 고르지 않을 거야. 사실 그다지 내키지 않았는데 언니가 나가 보라고 해서 나온 거니까 언니도 이 정도는 이해해. 쇼가 끝나면, 다 원래대로 돌아가는 거야. 알겠지?]

조예은

입에 밀어 넣은 김밥 꽁다리를 겨우 씹어 삼켰다. 아무 맛도 느껴지지 않았다. 결국은 성운과 사귀지 않겠다는 말이었다. 밤사이 간신히 잠들었던 분노와 배신감이 다시 고개를 들었다. 스스로도 왜 이렇게까지 화가 치미는지 이해할 수 없었지만 의문은 저 뒤로 밀려났다. 보이지 않는 어떤 힘에 사로잡힌 나는 곧장 다시 선희에게 전화를 걸었다. 촬영 중인지 휴대폰은 꺼져 있었다. 초조하게 비린내가 밴 엄지손톱을 물어뜯었다. 투명한 젤 네일이 올라간 선희의 손톱은 물어뜯는다고 뜯기지 않겠지. 나는 크게 심호흡을 한 뒤 다시 휴대폰을 들었다. 그리고 메시지에 짧게 답장했다.

[시끄럽고 하라는 대로 해. 안 그러면 그 영상을 인터넷에 퍼뜨릴 거야. 나와는 달리 넌 팔로워도 많은 유명인이고 지금 한참 화제의 중심에 있잖아. 타격이 없을 거 같아? 온갖 더러운 이야기가 따라다니게 될걸.]

선희는 점심시간이 끝나도록 응답이 없었다. 내내 휴대폰을 노려보았지만 전화는커녕 말풍선 옆의 1도 사라지지가 않았다. 이후에는 도통 일에 집중할 수가 없었다. 사소한 실수가 이어지자 사장은 조퇴 명령을 내렸다. 나는 그 말만을 기다렸다는 듯이 짐을 챙겨 나와 차에 올랐다. 일당을 깐다는 엄포가 뒤따랐지만 귀에 들어오지 않았다. 시동을 건 뒤

확인한 메시지 창에는 1이 사라져 있었다. 잠시 심호흡과 함께 답장을 기다렸지만 선희에게서는 여전히 응답이 없었다. 내 인내심은 곧 바닥을 드러냈다. 주차장을 빠져나와 달렸다. 서울로 향할 생각이었다. 촬영장의 카메라들 앞에서 본때를 보여 줄 테다. 고속도로에 막 올랐을 때였다. 선희에게서 메시지가 도착했다.

[나 지금 엄마 병원이야. 퇴근하면 얘기 좀 해.]

4

결국 휴게소에서 차를 돌렸다. 병원에 들어서니 저녁이 가까운 시간이었다. 선희는 통증으로 고통스러워하는 엄마 옆에 인형처럼 무심히 앉아 있었다. 엄마가 시트를 부여잡으며 몸부림쳤지만 손을 잡아 주지도, 안쓰러워하는 표정을 짓지도 않았다. 대신 간호사를 호출한 뒤 돌아서서는 나를 향해 말했다. 병실 좋네. 역시 비싼 곳이 좋아. 그치?

엄마가 진통제를 투약 받고 잠들기까지는 한 시간이 넘게 걸렸다. 그동안 선희는 물끄러미 엄마를, 엄마와 나를 바라보고만 있었다. 팔짱을 낀 채 화장실 문에 등을 기댄 모습이 딸이라기보다는 엄마의 죽음을 기다리는 사신 같았다. 한바

조예은

탕 소란이 지나간 후에야 나는 선희를 따라 병실을 나왔다. 선희는 기다리는 사람이 있다며 병원 건너편의 프랜차이즈 카페로 향했다.

"이렇게 오래 걸릴 줄 모르고 기다리라고 했지 뭐야."

이해가 가지 않았다. 우리 둘의 대화에 도대체 누가 필요하다는 것인가? 문득 내 앞에 걷는 선희가 무척 낯선 사람처럼 느껴졌다. 태어나서 처음 느껴 보는 종류의 이질감이었다. 선희가 걸을 때마다 머리카락은 결 좋게 흔들렸다. 나는 불쑥 그것을 매만져 보고 싶다고 생각했으나, 애써 참았다. 한발 먼저 카페에 들어선 선희는 거침없이 어디론가 향했다. 가로등 불빛이 새어 들어오는 창가 자리였다. 선희를 따라 향한 그곳에는…… 그가 있었다. 매끄러운 액정의 안쪽에서만 존재했던 그, 무례하고 대담하며 진실한 구애자. 성운이었다.

"최종 선택 직전의 비공식 데이트야. 내가 엄마가 아파서 보러 가야 한다고 했더니 따라오고 싶다기에. 카메라 감독은 따라오지 않았어. 간단히 브이로그 식으로 영상만 남기면 돼."

당연한 소리지만, 액정 밖의 그는 지금까지 보아 온 모습보다 훨씬 생동감이 넘쳤다. 그래, 살아 있는 것 같았다. 당연한 사실인데 나에게는 그렇지가 않았다. 그러니까 마치, 그림인 줄 알았던 것에 손을 뻗자 낯선 세계로 빨려 들어간 기분. 심장이 빈맥처럼 빠르게 뛰었다. 나는 떨리는 손으로 의자를 빼내 성운의 옆자리에 앉은 선희의 맞은편에 앉았다. 선희가 나를 쌍둥이 언니라고 소개했다. 성운이 고개 숙여 인사하자 어쩐지 도망치고 싶은 기분이 들었다. 두 사람은 다정하게 서로를 보며 눈인사를 나누었다. 선희가 먼저 그를 향해 물었다.

"나 병원 다녀올 동안 영상은 잘 찍었어?"

"응. 네가 알려 준 칼국숫집 가서 밥도 먹고 주변 풍경도 찍었어. 고요하고 좋더라."

성운이 고개를 돌려 나를 바라봤다. 손에는 작은 고프로 카메라가 들려 있었다.

"선희에게 쌍둥이 언니가 있는 줄 몰랐어요. 알고 보니 정말 닮았네요. 이쪽 보고 한번만 인사해 주실래요? 얼굴 공개하는 거 싫으시면 블러 처리 해 드릴게요."

작은 카메라 렌즈가 내 쪽으로 향했다. 늘 선희를 비추던 차가운 눈이 나를 향했다. 나는 햇빛을 쐰 흡혈귀처럼 양팔로 얼굴을 가리고 고개를 숙였다. 분위기가 서늘하게 가라앉는 게 느껴졌다. 성운이 죄송하다며 카메라를 내렸고, 나는

조예은

뒤늦게 다시 고개를 들었다. 비참했다. 전부 선희 때문이었다. 우리 둘 사이의 규칙을 어기고 내 말을 무시하고 이런 상황을 만들어 낸 선희를 꺾고 싶었다. 나는 테이블 아래에서 세게 주먹을 쥐었다. 선희가 성운을 향해 뭐라고 속삭이자 그가 자리에서 일어섰다. 나는 멋쩍게 인사하고서 가게를 나가는 그의 뒷모습을 황망히 쫓았다.

"내가 차에서 기다리라고 했어. 언니가 낯을 많이 가린다고."

선희의 말이 끝남과 동시에, 나는 자리에서 일어나 굳은살 박인 오른손을 휘둘렀다. 오래전에 엄마가 그랬던 것처럼. 타격음은 작지 않았다. 다행히 카페에는 우리 말고는 사람이 없었다.

"왜 굳이 같이 왔어?"

선희가 나를, 내 눈을 빤히 응시했다. 동공 너머의 단서를 포착하기 위해 애쓰는 탐정과 같이. 나는 흡사 범죄를 숨긴 범인이 된 기분으로 시선을 피했다. 선희가 덤덤히 말했다.

"언니 반응 보려고. 이제 알겠네."

"무슨 소리야?"

"언니 저 사람 마음에 드는구나. 반한거야?"

목구멍에 솜뭉치를 쑤셔 넣은 것처럼 아무 소리도 나오지 않았다. 나는 가까스로 대꾸했다.

"마음에 들지 않으면 너에게 사귀라고 했겠어?"

"지금까지와는 반응이 달라."

선희가 나를 뚫어져라 응시했다. 그러고는, 벌게진 뺨을 그대로 둔 채 입꼬리를 올려 웃었다.

"난 언니가 나를 가지고 인형 놀이를 하는 걸 알아. 하지만 그건 어디까지나 내가 언니의 뜻에 따라 주기에 가능한 거잖아? 그래, 나도 사실 즐겼어. 편했거든. 최악의 선택지만 소거법으로 제거하고서 언니에게 맡기면 알아서 머리 아픈 문제들의 답을 골라 줬으니까."

"날 이용한 거니?"

"왜, 언니는 날 이용하는데 난 그러면 안 돼?"

선희는 계속 말했다.

"언니 표정, 목소리, 억양, 그 모든 게 지금까지와는 다르다고. 그동안은 내가 만나도 그만, 만나지 않아도 그만인 듯 굴었다면 이번에는 아주 절절하게 굴잖아? 언니는 참 사람이 투명해. 웬만해서는 그냥 하라는 대로 하고 싶었는데, 언니가 그렇게 구니까 나도 들어주기 싫은 거 있지? 재랑은 사귀어서 딱히 내가 얻을 이득도 없고, 외적인 것도 취향이 아니야. 그러니까 억지 그만 부려."

조예은

억지를 부리는 건 바로 선희였다.

"내가 너에게 희생하듯 너도 희생하는 부분이 있어야지. 마음에 들지 않아도 언니 말을 들어. 그게 네 역할 아니었어? 그동안 마음대로 선택지를 손봐서 네 편할 대로만 했던 건 뭐라고 하지 않을게. 하지만 내가 희생한 이상 나도 뭔가 얻는 게 있어야 하지 않겠어?"

"언니가 얻는 게 뭔데? 아니, 질문을 바꿀게. 언니는 뭘 얻고 싶은데?"

순간, 머릿속이 새하얗게 물들었다. 내가 얻고 싶은 것. 나는 이렇게까지 해서…… 뭘 하려고 했지? 억만 년 같은 찰나가 흐른 뒤, 나는 가까스로 머릿속을 맴도는 어렴풋한 욕망을 골라 입 밖으로 꺼냈다.

"이상적인 너."

선희가 얼굴을 일그러뜨리고 중얼거렸다. 이상적인 '너'라고? 웃기시네. 모음이 하나 틀렸어. 이상적인 '나'가 맞겠지. 나는 반박하지 못했다. 내 깊은 곳에 묻어 둔 진심이 선희의 입을 통해 흘러나오고 있었다. 이것 보시라. 역시 우리는 이어져 있다.

"나도 알아. 안다고…… 다 알고 있었다고. 언니가 희생한 건 사실 전부 언니 스스로를 위해서였잖아? 언니는 스스로를 너무 사랑한 나머지 부딪히고 깨지고 실패하는 걸 못 견디 해. 그래서 어렸을 때부터 얄밉게 순종적이고 착한 아이를 연기했지. 물질적인 욕망을 전부 나한테 전가했잖아. 언니는 외모가 같은 나를 아바타처럼 꾸미고 조종하고 싶어 했어. 자기가 현실이라는 무대에서 도망친 거면서 나에게 널 위해 희생했다고, 모든 걸 양보했다고 합리화했어. 나도 다 알아. 알면서도 언니의 뜻에 따라 주고 싶었어. 왜인지 알아?"

나는 손을 들어 귀를 막았다.

"언니를 사랑하니까."

심장이 멎을 것 같았다. 선희의 입에서 흘러나오는 건 저주였다. 선희는 내 눈을 똑바로 바라보며 한동안 주문을 외듯 되뇌었다. 언니를 사랑하니까. 제대로 들어. 모른 척하지 마.

"그런데 언니는 저 새끼가 좋다네?"

도망치고 싶었지만 주술에 걸린 듯 꼼짝도 할 수 없었다. 선희는 계속 쏘아 댔다. 늘 한 떨기 꽃처럼 아름다운 선희의 안에 저런 지독한 말들이, 냄새를 풍기는 지저분한 말들이 숨어 있을 거라고는 생각지 못했다. 눈앞에 있는 게 과연 내가 아는 선희가, 내 순종적이고 사랑스러운 동생 선희가 맞나? 선희는 악독한 말들과는 거리가 먼 무덤덤한 표정이었

조예은

다. 그 순간의 공포를 더욱 극대화시키고 있었다.

"언니는 스스로밖에 사랑할 줄 모르는 인간이야. 우리 이외의 다른 누구를 마음에 들였다 한들, 아마 지금 이 꼴에서 벗어나기 어려울걸? 지금 우리 모습 말이야. 언니는 도망치면서 나에게 죄책감을 덧씌우고 나는 그 얄량한 심리를 다 알면서 언니의 뜻에 따라 움직이는, 서로 알고도 모른 척하는 주제에 전부 진심이라고 믿는 그런 우스꽝스러운 모습. 있잖아, 그거 알아? 언니는 진짜 비겁하고 유치해. 늘 모든 걸 알고 있는 척 뻗대지만 사실은 무엇 하나 제대로 아는 게 없지. 언니 고등학생 때 시험 성적 기억 안 나? 한 번이라도 나보다 높았던 적 있었어?"

"그건 너를 뒷바라지하느라 제대로 공부할 시간이 없었으니까."

"아! 그래, 그놈의 뒷바라지. 또 내 탓이지. 하지만 더 중요한 건, 언니가 아무것도 알려고 하지 않는다는 거야. 알려는 의지조차 없다는 거야. 머릿속에 언니만의 성과 무대를 만들어 놓고 왕으로 군림하지. 하지만 그 공간에는 아무도 없어. 성이 아니라 움막에 불과해. 내가 어떤 역할을 수행하겠지만 그건 전부 가짜인데, 언니는 자신이 진짜를 만들어 낸 줄 알고 박수를 쳐 대."

"그만해."

나는 참다못해 외쳤다. 선희가 나를 지그시 노려봤다. 그러더니 가방을 챙기며 말했다.

"언니가 원한다면 재랑 다리 놔 줄게. 직접 만나 봐. 나를 이용해서 말고, 직접 관계를 맺어 보는 거야. 어때, 할 수 있겠어? 언니는 나라는 인간을 마구 조종할 수 있을 만큼 잘났잖아. 해 봐."

"도대체 갑자기 왜 이러는 거야? 지금 너의 화려한 삶이, 내가 틀리지 않았다는 걸 증명하는 거 아니야? 애초에 네가 내 뜻대로 움직여 줬잖아. 다 알고 있었다면서 하란 대로 네 삶을, 네 몫의 선택을 내게 맡겼잖아. 그건 전부 네가 묵묵히 따라 줬기에 가능한 거였어. 나 혼자 호소하고 우긴다고 되는 게 아니라. 우리는 결국 공범이야. 왜 이제 와서 균형을 무너뜨리려는데?"

"내가 말했잖아. 언니를 사랑해서라고."

선희가 자리에서 우뚝 일어섰다. 나무 의자가 거친 바닥에 밀리는 소리에 선희의 목소리가 묻혔다. 나는 언니를, 언니만을 사랑하는데 언니는 저 새끼가 마음에 든다잖아. 나는 내가 제대로 들은 게 맞는지 확신할 수 없었다. 선희는 테이블에서 점점 멀어졌다. 나는 멍하니 홀로 남았다. 어디서부터 잘못된 것일까? 본래 하나여야 할 우리가 둘로 갈라지면 서부터? 아니면 엄마가 아빠의 코를 막았던 날? 김 아저씨가 우리 집에 찾아온 날? 그보다도 더 오래전에? 우스운 건 이 와중에도 나는 스스로를 변호하고 있다는 점이다. 나는 매번 내가 할 수 있는 최선의 선택을 했다. 우리에게 그런 극단적 인 선택지를 내민 건 다름 아닌 엄마였으니까.

그때였다. 저 멀리 카페 문 밖으로 사라졌던 선희가 다시 문을 넘어 나에게로 다가왔다. 짧은 순간 내 머릿속에 떠오른 건 '그럼 그렇지' 하는 다섯 글자였다. 나는 근거 없는 희망을 감지했다. 선희는 좀 전에 내뱉은 모든 독한 말들을 사과할 것이다. 사과로 취소할 것이다. 그럼 난 자비롭게 용서할 테다. 순식간에 다가온 선희가 씩씩대며 나를 내려다보았다. 가까이서 보니, 선희의 눈가는 젖어 있었다.

"난 이제 어떤 마음이 진실인지 모르겠어. 나는 언니를 사랑하는 걸까, 언니를 사랑하는 나를 사랑하는 걸까? 왜 우리는 하필 이렇게 한날한시에 같은 얼굴로 태어났지? 어쩌면 지금 상태가 아닌 나를 멋대로 상상하고 그걸 언니에게 대입해서 사랑하는 건 아닐까? 헷갈려. 헷갈려서 머리가 터질 것 같아. 하지만 확실한 건 난 지금껏 누구도 언니만큼 사랑하지는 않았다는 거야. 언니가 추천한 그 모두와 사귈 수 있었던 건 누구도 언니만큼 사랑하지 않기 때문이었어. 오로지 언니의 뜻에 따라 주고 싶은 마음뿐이었다고. 그러니까, 언니도 오늘 집에 가서 그 영상을 다시 봐. 찍은 이후로 한 번도 제대로 본 적 없잖아? 그때 내가 한 말을 제대로 다시 들어. 내가 왜 언니를 사랑하는지를. 그러면……."

그러면.

"언니가 하라는 대로 해 줄게. 원래대로 돌아가는 거야."

선희는 다시 한번 뒤돌아 멀어졌다. 이번에는 진짜였다. 성운의 차에 올라 내리지 않았다. 두 사람이 탄 차는 점점 작아졌다. 카페의 주차장 부지를 빠져나가 더 멀리, 멀리…… 내 무대로부터 멀어져 갔다. 나는 주변을 둘러보았다. 카페는 고요했다. 손님은커녕 사장과 알바생도 할 일이 있는지 카운터에는 필요시 연락하라는 안내판만이 놓여 있었다. 나는 배역들이 퇴장한 텅 빈 무대를 바라보는 관객이 되어 홀로 박수를 쳤다. 내 손과 내 손을 맞부딪쳐 소리를 냈다. 거울 속에서 뻗어 나온 손이 하이 파이브를 한 것만 같은 이질감에 몸서리가 쳐졌다.

얼마 지나지 않아 알바생이 자리로 돌아왔다. 홀로 자리를 지키고 있는 나를 이상하게 보는 듯했다. 곧 어떤 마법이 풀린 것처럼 다른 손님들 역시 하나 둘 들어서기 시작했다.

조예은

단순히 저녁 시간 이후 카페가 가장 붐빌 시간인 탓이겠지만. 텅 비었던 카페는 안부를 묻는 사람, 노트북을 두드리는 사람, 일기를 적는 사람으로 가득 찼다. 나는 차를 한 잔 더 시킨 뒤 자리로 돌아와 앉았다. 휴대폰을 꺼내 들고 다시 클라우드에 들어갔다. '그것'은 여전히 그 안에 있었다. 내가 선희를 쥐고 흔들 수 있다고 생각한 무기. 그것은 단 한 번도 우리를 떠난 적이 없었다. 나는 혀가 데일 듯 뜨거운 차를 한 모금 입에 머금고, 영상을 눌렀다.

보름달이 뜬 날이었다. 떠올려 보니 이날 카메라가 돌아가고 있었던 건 선희가 거절했던 소속사의 아이돌 안무를 따라 추고 있었기 때문이다. 다음 영상 콘텐츠에 들어갈 거라고 했다. 나는 그날 선희에게 눈앞의 기회를 포기하라고 말했다. 순전히 나만을 위해서 그랬다. 그 대신 내가 희생할게. 대학에 가. 그렇게 말했다. 선희는 어둠 속에 멈춰 있었고, 한참 후 중얼거렸다. 그럴 줄 알았어. 언니라면, 그렇게 말할 줄 알았어.

'언니는 아무것도 몰라.'

어둠 속의 선희가 말한다. 지금보다 앳된 목소리. 영상의 첫 장면은 어둠이다. 오로지 어둠뿐이다. 화면은 점점 밝아진다. 우리는 어둠 속에 마주 보고 있었다. 나는 엄마가 나에게 그랬듯 온 애정과 미안함을 담아 선희를 안아 주었다. 선희의 몸이 잘게 떨린다. 우는 것처럼. 하지만 선희는 울지 않는다. 나는 단 한 번도 선희가 우는 걸 본 적이 없다. 그때만해도 우리는 생김새가 크게 다르지 않았다. 선희가 몸을 떼고서 나를 바라봤다. 양손으로 내 뺨을 쥐었다. 그러자 꼭 거울 속의 내가 나를 보고 있는 듯한 기분이 들었다. 선희는 흰 이를 드러내며 웃었다. 그러고는 얼굴을 바짝 붙이고서 중얼거렸다.

'이러고 있으니 꼭 내가 나를 보는 듯한 기분이 들어. 거울 혹은 한낮의 연못을 바라보고 있는 거지. 하지만 서로에게 직접 닿을 수는 없어. 둘 중 하나는 반사된 형체일 뿐이니까. 옛날 신화에서 신의 미움을 산 나르키소스는 연못 속의 스스로와 사랑에 빠져 자살했대. 입맞춤을 하고 싶었는데 그건 반사된 모습이라 할 수 없었거든. 그런데 만약, 그 너머에 정말로 다른 세계가 있다면? 우리는 신화 속 주인공이 아니잖아. 거울이나 연못 너머에서 손이 뻗어 나온다면? 살과 살을 맞댈 수 있다면?'

다음 순간, 선희가 내 뺨에 입술을 붙여 왔다. 따뜻하고 부드러운 감촉. 영상을 보던 나는 손가락으로 선희의 입술이

조예은

스친 곳을 더듬는다. 화면 안의 나는 화들짝 놀라 그를 밀친다. 선희는 장난이라며 배를 잡고 웃는다. 부끄러운가 봐? 그러고는 계속 말한다.

'언니, 나는 스스로를 사랑하듯 언니를 사랑해.'

'나도 널 사랑해. 그래서 이렇게 희생하는 거잖아.'

'언니, 모르겠어? 희생이나 책임이나 그런 건 우리 사이에 아무 의미가 없는 거야. 언니가 언니를 위해 행동해도 그건 동시에 나를 위한 거야. 내가 나를 사랑할수록 언니도 함께 사랑하는 거야. 우리는 결국 각자를 제일 사랑하는데, 그 각자가 이어져 있어서 서로를 사랑하는 게 되는 거야. 물가에 피어난 한 송이의 수선화를 상상해 봐. 언니가 뿌리이고, 내가 꽃이라고. 둘은 분리될 수 없어. 그 모두를 합친 게 하나야.'

나는 어떤 충격에 빠졌다. 나는 꽃과 뿌리의 비유가 내 머릿속에서 나온 줄로만 알고 살았다. 하지만 그와 똑같은 말이 영상 속 선희의 입에서 흘러나오고 있었다. 이 역시 우리가 이어져 있다는 증거이려나?

다음 순간, 배터리가 다한 듯 영상은 갑작스레 꺼졌다. 나는 허무하게 정지한 액정을 노려보았다. 이어지는 다른 영상은 없었다. 정말로 그게 끝이었다. 선희가 말했듯 이 안에 담긴 건 기껏해야 장난스런 입맞춤이 다였던 것이다. 그 정도는 사춘기의 여고생들이라면 짓궂은 장난으로 치부할 수 있는 일이었다. 나는 당황했다. 도대체 이 안에 무엇이 담겨 있다고 단정한 걸까? 왜 이걸로 선희를 위협할 수 있을 거라 생각한 거지?

휴대폰을 뒤집고 창밖을 바라봤다. 맞은편의 병원은 한낮처럼, 한낮보다 화려하게 빛을 발했다. 창문의 안쪽과 바깥. 병원의 안쪽과 바깥. 나는 지금 기억의 밖에서 안쪽을 바라보고 있고, 엄마는 삶의 안쪽에 아슬아슬하게 걸친 채 죽음의 저편을 가늠하고 있을 테다. 나는 지그시 눈을 감고 영상의 다음 장면을 떠올렸다. 분명 이 다음이 있었다. 왼쪽 뺨에 닿았던 선희 입술의 감촉만큼이나 선명한 어떤 감각을 떠올리며, 나는 메마른 입술을 만지작거렸다. 순간, 일어난 각질을 잘못 뜯어 피가 비쳤고 따끔한 고통이 느껴짐과 동시에 그날 밤 선희가 나에게 했던 말들이 반짝 하고 떠올라 주변을 감쌌다. 수선화가 핀 어떤 물가에 불어오는 바람처럼. 비정한 신화 속의 어떤 남자에게 내려진 여신의 저주처럼. 여신은 피가 묻은 칼을 건넨다. 남자를 사랑한 이의 피가 묻은 칼이다.

조예은

있잖아, 언니를 보고 있으면 나를 보는 것 같아. 이번 생이 아닌 다른 생의 나. 차원의 틈새에서 길을 잃고 자기만의 세계에 빠져 버린, 저주 같은 강박에 사로잡혀 누구보다 희생적인 척 지독하게 이기적인, 버려진 어린애처럼 겁에 질려 스스로를 똑바로 바라볼 줄 모르는 어리석은 나.

난 언니를 보면 어디까지가 내 모습이고 어디부터가 내가 아니게 되는지 헷갈려. 우리는 다른 듯 닮았고 닮은 듯 다르지. 하지만 확실한 건 우리는 분명 이어져 있다는 거야. 그러니까, 내가 언니에게 입을 맞추고 싶은 건 당연한 거야. 인간은 스스로를 제일 사랑하기 마련이니까.

오늘이 지나면 언니가 원하는 대로 다 해 줄게. 언니만을 위한 무대의 배우가 되어 줄게. 그러니 언니는 계속 나만을 위한 희생적인 언니로 남아 줘.

언제까지나.

　저주에 의해 연못 속의 자신을 사랑하게 된 나르키소스는 식음을 전폐하다 한 송이의 수선화로 변한다. 익숙한 이 이야기의 발단에는 아메이니아스라는 인물이 나온다. 아름다운 나르키소스를 짝사랑하게 된 아메이니아스는 집요하게 구애하지만 나르키소스는 그가 지긋지긋하기만 하다. 그는 하인을 시켜 칼을 선물하고, 아메이니아스는 나르키소스의 집 앞에서 저주를 쏟아 내며 그 칼로 목을 그어 자살한다. 이후 나르키소스를 죽음으로 이끈 저주다.

　현대의 나로서는 사랑하는 이가 자신을 받아주지 않는다고 그런식으로 복수한 아메이니아스가 치졸하게만 느껴졌다. 실연당한 님프 버전 이야기도 있는데, 아무래도 어떤 과오와 파국으로 치닫는 사랑, 저주의 매개체로서는 칼이 더 어울릴 듯해 제목은 '아메이니아스의 칼'이 되었다.

약간의 설명의 덧붙이자면, 이 자기애성 성격장애는 크게 외현적 자기애와 내현적 자기애로 나뉜다고 한다. 외현적 자기애가 자기 스스로 온갖 자랑을 늘어놓는 식이라면, 내현적 자기애는 칭찬을 받을 만한 물건을 가까운 곳에 두고 상황을 구성하여 우월감을 이끌어 내는 성향이다. 소설 안에서 동생 선희는 외현적 자기애와 익숙한 신화에 기반한 나르시시스트로, 언니 수미는 최대한 내현적 자기애를 가진 나르시시스트로 그리고자 했다.

마지막으로, 신화 속 두 인물의 결말과 소설의 결말을 연결시켜 생각할 필요는 없다.

지상의 밤

임선우

어둡고 축축한 새벽 수는 침대에서 부스스 일어나 방문을 열었다. 새벽에 텅 빈 식탁을 바라볼 때면 수는 아버지의 죽음을 실감하곤 했다. 간암 진단을 받은 지 두 달 만에 아버지는 오래도록 바라 온 일인 양, 연명 치료도 거부한 채 식물보다 조용히 숨을 거두었다.

지난 6년간 아버지는 방에 갇힌 수를 위해 매일같이 저녁 식사를 차렸다. 수는 아버지가 잠든 새벽이면 방에서 나와 식사만 하고 다시 방 안으로 들어가는 생활을 반복해 왔다. 이렇게까지 오래 방 안에서 지낼 생각은 없었는데, 수는 생각했다. 방의 안과 밖은 시간이 흐르는 속도가 너무나 달랐다. 수는 이제 세 평짜리 방 안에서 노년을 맞이하는 자신의 모습을 쉽게 상상할 수 있었다. 아버지를 위해서라도 언젠가는 방에서 나와야 한다고 생각했는데, 이제는 그 이유마저 사라져 버린 것이다.

아버지가 죽은 이후로 수는 더더욱 방에서 나오지 않았다. 배달 음식을 시켜 먹은 다음 쓰레기는 내버려두었다. 계절이 두어 번 바뀌자 옷과 가구에 진한 악취가 배어들었고, 통장 잔고는 바닥났다. 두 달 만에 용기 내서 열어 본 냉장고 안은 처참했다. 그사이 수분을 잃고 쪼그라든 채소들과 곰팡이가 핀 반찬들. 수는 뒷머리를 긁적이며 냉장고 문을 도로 닫았다. 처음 며칠은 수돗물만 마셔 가며 버텼지만, 도무지 허기를 견딜 수 없게 되자 결단을 내렸다. 수는, 편의점에 가기로 했다.

*

수는 인적이 드문 새벽 3시에 집을 나섰다. 검은색 볼캡을 눌러쓴 수의 왼손에는 마지막 남은 현금 3,000원이 쥐어져 있었다. 아무도 없는 거리에서 수는 누군가에게 쫓기듯이 빨리 걸었고, 얼마 지나지 않아 환하게 불 밝힌 편의점이 눈에 들어왔다.

임선우

다행히 손님은 없는 듯했으나 가게 안으로 들어서는 순간 아르바이트생이 자신을 쳐다볼 것만 같아 수는 두려웠다. 최대한 눈에 띄지 않길 바라면서 편의점 문을 열었는데, 어찌나 조심스러웠는지 유리문에 달린 종조차 울리지 않았다. 수가 삼각김밥을 고르고 나서 초콜릿을 집어 들 때였다. 카운터에서 졸고 있던 아르바이트생이 문득 수의 눈에 들어왔다. 그는 정신없이 조느라 수가 편의점에 들어온 줄도 모르는 듯했다.

　순간 수의 머릿속에 스친 생각은 수의 몸을 이전과는 다른 방식으로 움직이게 했다. 수는 초콜릿을 마저 집어 든 다음, 카운터 앞을 천천히 지나쳐 편의점 밖으로 나왔다. 수는 달리지 않았고 조급해하지 않았다. 아르바이트생에게 붙잡히는 상상을 끊임없이 하면서도 편의점에 올 때와는 달리 느긋하고 여유롭게 걸었다. 집에 무사히 도착한 수는 신발장에 쪼그리고 앉아 한동안 움직이지 않았다. 수는 심장이 뛰는 것을, 심장에서 뿜어져 나온 피가 온몸을 빠르게 도는 것을 느꼈다. 6년 만에 처음으로 수는 자신의 육체를 고요히 느껴보았다.

　다음 날 수는 간밤의 행운이 한 번 더 일어나길 바랐고 이번에는 집 근처 마트로 향했다. 마트에는 손님이 꽤 많아 보였으나, 마감 시간이 가까워져 마음이 조급해진 수는 잠시 머뭇거리다가 안으로 들어섰다. 진열대 앞으로 다가가 유통기한을 확인하는 척하면서 미리 챙겨 온 쇼핑백 안에 우유와 에너지바를 쑤셔 넣었다. 사람들은 언제나처럼 무관심했고, 이번에도 수는 마트 밖으로 유유히 걸어 나갈 수 있었다.

그날을 기점으로 수는 계속해서 물건을 훔쳤다. 주로 가는 곳은 시장이나 마트였고, 훔치는 것은 대부분 우유나 달걀, 라면 등의 값싼 음식이었다. 간간이 비누나 칫솔 따위의 생필품을 훔치기도 했다. 그러는 동안 수가 발각된 적은 단 한 번도 없었다. 방에서 지내는 동안 존재감이 옅어진 걸지도 모르겠다고, 수는 생각했다. 집 안은 여전히 쓰레기장이나 다름없었고 사람들과 눈도 맞추기 힘들었지만, 전처럼 세상이 두렵지는 않았다.

도둑질로 자신감을 얻다니. 돌아가신 아버지가 알면 퍽이나 자랑스러워하실 일이었다. 그러나 물건을 훔치기 위해 세상으로 나오면서 수에게는 전에 없던 욕망이, 그러니까 보통 사람처럼 보이고 싶다는 욕망이 생겨나고 있었다. 어느 순간부터 수는 지저분하고 덥수룩한 머리가 부끄러웠다. 어두운 안색이 신경 쓰이기 시작했다. 계절에 맞는 단정한 옷을 입고 싶었다. 그러한 마음은 수를 한밤중에 주방 가위를 들고

임선우

거울 앞에 서게 했다. 얼굴을 가리던 머리카락을 싹둑 잘라 내니 한결 속이 시원했다.

그러나 옷만큼은 어떻게 할 수가 없었다. 회사에 다닐 때 입던 옷들은 전부 작아져 버렸고, 지금 입는 옷들은 목과 무릎이 늘어나 있었다. 수는 멋진 옷까지는 아니더라도 후줄근하지 않은 옷이 갖고 싶었다. 괜찮은 옷 한 벌만 있으면 밖에서 움츠러드는 것도 훨씬 나아질 듯했다.

며칠이 지나고 수는 마음에 담아 두었던 일을 실행에 옮겼다. 늘 지나치기만 했던 스파 브랜드의 매장 안으로 들어간 것이다. 매장은 밖에서 보는 것보다 훨씬 넓었고, 눈부시게 밝은 조명 아래 갖가지 옷들이 끝도 없이 진열되어 있었다. 기가 죽은 수는 무난해 보이는 티셔츠와 바지 몇 벌을 손에 잡히는 대로 쇼핑백 안에 집어넣었다. 그러나 밖에서 옷을 사 입은 지 오래되었던 수가 간과한 사실이 하나 있었다면, 바로 도난 방지 태그였다.

수가 매장 밖으로 나가려던 순간 도난 방지 음이 커다랗게 울리기 시작했다. 방 안에서 쥐 죽은 듯 몇 년을 지내 온 수의 혼을 쏙 빼놓을 만큼 엄청난 소음이었고, 매장 안에 있던 사람들은 일제히 수를 쳐다보았다. 겁에 질린 수는 매장 점원과 눈이 마주치자마자 쇼핑백을 품에 안은 채 달리기 시작했다. 매장 밖으로 뛰쳐나와 근처 지하철역 화장실 안으로 숨어들 때까지 한 번도 쉬지 않고 달렸다. 다행히 점원은 쫓아오지 않았지만 무리해서 달린 탓에 수는 구역질이 났다. 겨우 구역질이 가라앉고 심장 박동이 원래 속도를 되찾았을 때, 수의 눈에 들어온 것은 화장실 문에 붙어 있던 작은 전단이었다.

상시 모집　　　　　　안전 보장
바다 여행 300만 원
문의 : 033-082-XXXX

*

고객이야. 지금 바로 오겠대. 희조가 전화를 끊으며 강에게 말했다. 두 사람은 외출 시 펜션 전화를 희조의 휴대전화로 돌려놓았다. 지금 당장? 강이 되물었다. 당장 가야지. 희조가 차 키를 찾으려고 가방을 뒤지며 대답했다. 그들은 바깔바람이라도 쐴 겸 시내에 막 도착했던 참이었다.

두 사람이 바다 여행 가이드가 되기로 결심한 것은 지금으로부터 약 두 달 전이었다. 두 달 전 강은 변종 해파리가 출몰했다는 소식을 바다 위에서 들었다. 중국에서 군산으로 가는 여객선 선실 안이었고, 옆자리에는 희조가 앉은 채로 졸고 있었다. 이거 봐. 강이 희조에게 휴대전화 화면을 들이밀며 말했다. 호주에서 변종 해파리가 나타났어. 촉수에 닿으면 인간이고 동물이고 전부 해파리로 변한대. 멋지네. 희조는 잠결에 웅얼거리더니 다시 눈을 감았다. 미적지근한 반응에 김이 샌 강은 휴대전화 화면을 꺼 버렸다. 그러나 잠시 뒤 희조는 눈을 번쩍 뜨더니 물었다. 저것 때문에 단속이 강화되는 건 아니겠지? 두 여자는 두꺼운 외투 속에 1킬로그램짜리 금괴 스무 개가 들어간 특수 조끼를 입고 있었고, 그들의 임무는 군산 여객터미널에서 무사히 빠져나와 회수 담당자에게 조끼를 넘기는 것이었다. 상관없겠지. 강이 덤덤하게 대답했다.

상관있었다. 아주 제대로 상관있었다. 호주에서 처음 발견되었던 변종 해파리는 빠르게 바다를 점령해 나갔고, 한 달이 지나자 한국을 비롯한 전 세계 해양에서 발견되었다. 한국 정부는 전국에 있는 해수욕장을 폐쇄하고 해안 경비를 강화했으며, 선박들은 예외 없이 출항이 금지되었다. 두 여자에게는 사람을 해파리로 만든다는 변종 해파리보다 뱃길이 끊긴다는 사실이 훨씬 더 두려웠다. 제아무리 변종 해파리라 할지라도 해파리들은 물 밖에서 이동할 수 없었다. 사람들은 육지에서 일상을 유지해 나갔고, 해양 수산업 종사자들에게는 재난지원금이 지급되었으나, 밀수꾼들은? 굶어 죽는 것밖에는 답이 없었다.

희조와 강은 처음으로 머리를 맞대고 비상 대책 회의를 진행했다. 30년 가까이 살아오며 세금이라는 것은 내 본 적도 없는 두 사람 사이에서 정상적인 논의가 이루어질 리 만무했으나, 그들은 나름대로 진지하게 대화를 이어 갔다. 답을 찾은 것은 희조가 "위기를 기회로 삼아야 한다."라고 말했을 때였다. 강은 그 말을 '해파리로 생긴 위기를 해파리로 극복해야 한다'고 받아들였는데 그것은 의외로 말이 되는 생각이었고, 이야기가 진행될수록 어둡게 그늘졌던 두 사람의 얼굴은 점차 환해졌다.

그들이 구상한 것은 해파리 변신 사업으로, 300만 원을 받고 해파리가 되길 원하는 고객을 변신시켜서 바다로 보내주는 사업이었다. 변종 해파리 촉수에 쏘인 인간이 해파리로 변신하기까지 걸리는 시간은 대략 24시간. 무방비한 상태라

임선우

면 변신 중에 죽음에 이를 수 있겠으나, 안전하게 변신 과정을 돕고 무사히 바다로 보내 주기까지 한다면 고객은 해파리로서 제2의 인생을 살아갈 수 있을 것이었다. 삶에서 부드럽게 미끄러져 나와 바다로 흘러가려는 이들은 전 세계 어디를 가나 있었다. 종교적인 이유로, 제2의 삶을 살기 위해, 신종 자살 기도법 등으로 사람들은 자진해서 해파리가 되고자 했다. 그러니까 우리는 일종의 봉사를 하게 된 셈이지. 희조가 말했다.

두 여자는 다년간 밀수하면서 알게 된 비밀리에 진입 가능한 해변을 활용하기로 했다. 해변에는 날마다 파도에 떠밀려 오는 변종 해파리 사체들이 널려 있었고, 해파리는 죽고 나서도 장시간 촉수 신경이 살아 있었으니, 그들은 변신에 필요한 준비물을 어려움 없이 구할 수 있었다. 이어서 두 사람은 해파리로 인해 망한 횟집이 내놓은 1톤짜리 수조 차를 사들였고, 같은 이유로 망한 바닷가의 2층짜리 스파 펜션 한 채를 헐값에 임차했다. 그들의 계획은 펜션의 스파 욕조에서 고객을 해파리로 변신시킨 다음 수조 차로 옮겨 바다에 보내 주는 것이었다.

준비를 마친 그들은 바다 여행 300만 원이라고 적힌 명함 크기의 전단 2,000장을 사람들 눈길이 닿는 곳이면 어디든

붙였다. 처음에는 전봇대, 버스 정류장, 지하철역 화장실. 그 다음에는 강의 제안에 따라 사람을 숫자로 판단하는 장소들에 붙였다. 은행, 병원, 헬스장, 결혼정보업체. 2,000장의 전단을 남김없이 붙이고 돌아온 날 밤, 두 사람은 저린 팔다리를 주무르며 기대감에 부푼 채 잠이 들었다.

그런데…… 연락이 오지 않았다. 펜션을 오픈한 지 일주일이 지났는데 문의 전화가 한 통도 걸려 오지 않았다. 그사이 두 사람이 한 일이라고는 밤낮으로 해변에 숨어 들어가 변종 해파리 사체들을 주워 온 것뿐이었다. 그들은 이틀에 한 번씩 기존에 있던 촉수를 버린 다음 싱싱한 촉수를 새로 구해 왔다. 전화는 계속해서 울리지 않았고, 두 여자는 말라비틀어져 가는 네 번째 촉수를 말라비틀어지는 심정으로 지켜볼 수밖에 없었다.

금괴를 밀수하던 시절 희조는 바랐다. 소지품 검사에 걸리지 않기를, 까다로워 보이는 저 보안요원이 나를 불러 세우지 않기를, 토 나오는 뱃멀미가 제발 멈추기를. 이제 희조는 자나 깨나 전화가 울리기만을 간절히 바라고 있었다. 무언가를 염원하는 마음은 결핍의 가장 정확한 증거라던데. 나는 왜 항상 무언가를 바라고 있는 걸까, 자책하면서도 별수 없이 전화가 오기만을 바라다가…… 8일째 되던 날 마침내 전화가 울

임선우

린 것이다. 지하철역 화장실에 붙은 전단을 보고 연락드리는데요, 거기 해파리 되는 곳 맞나요, 하고 묻는 목소리가 전화기 너머로 들려왔을 때 희조는 반가워서 눈물이 날 지경이었다. 두 사람은 곧바로 수조 차에 올라타서 펜션으로 향했다.

처음 맞이하는 고객에 두 사람은 들뜨면서도 긴장되었다. 유튜브를 통해 해파리로 변신하는 인간들을 수도 없이 봐 왔지만 눈앞에서 직접 보는 것은 차원이 다를 것이다. 누가 맡을래? 희조가 운전 중에 물었을 때 강은 대답하지 않았다. 둘은 번갈아 가면서 고객을 담당하기로 약속했었다. 담당자는 고객이 해파리로 변신하는 과정을 처음부터 끝까지 돕고 지켜봐야만 했다. 침묵이 길어지자 그들은 결국 가위바위보를 했다. 희조가 주먹. 강은 가위. 하필이면 겁 많은 강이 첫 번째 고객을 맡게 되었다.

그런데 우리한테서 냄새나는 것 같지 않아? 펜션에 도착할 즈음 긴장해서 내내 입을 다물고 있던 강이 희조에게 물었다. 그런가? 잘 모르겠는데. 희조가 입고 있던 티셔츠 냄새를 맡아 보더니 대답했다. 강은 다시 한번 크게 숨을 들이쉬었다. 비릿한 해파리 냄새가 나는 것 같기도, 나지 않는 것 같기도 했다.

*

수가 전단을 보고 연락했다고 말하자 상대방은 어떤 용무인지부터 물었다. 해파리가 되고 싶어요. 수는 화장실 옆 칸에 들리지 않도록 작게 속삭였다. 그러자 전화 너머 여자는 경계심을 풀고 한결 친절해진 목소리로 펜션 주소를 불러 주었다. 오늘 방문하시나요? 여자가 물었을 때 수는 망설이지 않았다. 네, 지금 출발할게요.

여자가 알려 준 주소는 이곳에서 꽤 멀리 떨어져 있었다. 대중교통만큼은 피하고 싶었으나 도무지 걸어갈 수 없는 거리였고, 택시를 탈 돈은 없었다. 어차피 인간으로서 눈 딱 감고 용기 내 보는 것도 이번이 마지막이라고 생각하며, 수는 지하철 역사 밖으로 나와서 광역버스에 올라탔다. 오후 두 시라는 애매한 시간대의 버스 안에는 승객들이 거의 없었고, 덕분에 수는 6년 만에 타 보는 버스 차창에 머리를 기댄 채 고요히 생각할 수 있었다. 인생은 역시 알 수 없구나. 아껴 두었던 3,000원이 버스비로 쓰일 줄이야.

수는 또한 매장에서 자신을 쳐다보던 수많은 눈동자를 생각했다. 사람들 얼굴은 하나도 떠오르지 않았지만 그들의 새까만 눈동자만큼은 하나하나 가슴에 남았다. 이상한 일이지,

임선우

6년 전 회사에서는 아무도 수와 눈을 마주치려 하지 않았다. 수의 옆구리를 꼬집던 상사의 손이 뺨으로 올라오기까지, 손으로 뺨을 치던 상사가 발로 정강이를 걷어차기까지는 그리 오랜 시간이 걸리지 않았다. 그날 정강이를 맞은 수가 바닥에 쓰러지자 상사는 수의 복부를 발로 걷어찼다. 정신이 아득해지던 순간 수가 가장 두려워했던 것은 폭력이 아닌 침묵이었다. 스무 명 넘는 사람들이 모여 있는 회사 사무실이 너무나도 조용했다. 마치 물속처럼, 아무 일도 일어나지 않은 것처럼.

다음 날부터 수는 출근하지 않았다. 휴대전화를 정지시켰고, 회사 사람들이 찾아올까 봐 집 밖으로 나서지 않았다. 은둔 생활이 반년 넘게 이어지자 아버지는 수를 데리고 병원을 찾아갔다. 의사는 수에게 무엇이 가장 힘든지 물었다. 그때 수는 대답했다. 사람의 눈이요, 선생님. 사람들이 저를 말없이 바라보는 꿈을 매일 꿔요. 수는 해파리에게 눈이 없다는 사실마저 마음에 들었다.

변종 해파리 출몰 이후로 수는 몇 년간 붙잡고 있던 게임도 그만두고 해파리 관련된 정보를 수집하는 데 몰두했다. 인류를 멸망시키기 위해 나타났다는 해파리. 밤이 되면 세상에 없던 푸른빛으로 사람들을 홀린다는 해파리. 변신 즉시 영원한 자유를 누리게 해 준다는 미지의 생명체. 어쩌면 변종 해파리가 인류를 멸망시키기 위해 나타났다는 주장은 사실일지도 몰랐다. 5억 년 전부터 지구에서 살아온 존재가 어느 날 인간을 몰아내야겠다고 판단했다면, 그것이 순리일지도. 그런 생각을 하면 수는 어쩐지 외롭지가 않았다.

변종 해파리는 수온이나 수압 적응성이 매우 높아 전 세계 해양으로 흘러갔고, 주로 수면 가까이서 발견되었으나 심해에서도 서식 가능했다. 6년간 방 안에서만 생활한 수가 어디서든 살 수 있고 어디로든 갈 수 있는 해파리를 동경하게 된 것은 어찌 보면 당연한 일이었다. 아버지가 돌아가셨을 때도, 며칠을 굶게 되었을 때도 수는 최악의 상황에서 자신이 언제든 해파리로 변신할 수 있다고 생각했다. 마음만 먹으면 이 삶으로부터 멀리 도망칠 수 있다고 생각하자 오히려 버틸 수 있었다. 그러나 최악의 순간이 마침내 찾아온 것이었다.

버스에서 내려 한참을 걸어 도착한 펜션은 입구부터 을씨년스러웠다. 겨우내 방치된 듯한 펜션 마당은 잡풀로 우거져 있는 데다가, 한때 분명 흰색이었을 외벽은 잿빛으로 때가 타서 폐가 같다는 인상을 주었다. 번듯한 건물을 기대한 것까지는 아니었지만 이렇게까지 너절해야만 하는 걸까. 간판에 적힌 펜션 이름은 무려 '만복 스파 펜션'이었다.

이런 곳에서 무사히 해파리가 되어 바다로 갈 수 있을까? 의심스러웠지만 수에게 다른 선택지는 없었다. 한국에서 다른 해파리 변신 업체를 본 적도 없거니와 외국 브로커들이 받는 금액에 비하면 300만 원은 저렴한 금액이었다. 물론 수에게는 그 돈조차 없었지만. 수가 긴장한 채 자신의 손을 내려다보았을 때, 왼손 약지에는 아버지의 유품인 결혼반지가 끼워져 있었다. 이 금반지가 수의 마지막 희망이었다.

수는 잡초로 뒤덮인 마당을 지나 펜션 초인종을 눌렀으나 아무런 기척이 없었다. 외출 중이라던 여자가 아직 돌아오지 않은 모양이었다. 수는 마당에 놓인 플라스틱 의자에 앉아서 기다리다가 현관 옆에 놓인 화분을 바라보았다. 식물을 키웠던 흔적인지 화분 안에는 흙만 가득했다. 혹시나 하는 마음에 화분 밑을 슬쩍 들여다보자 아니나 다를까 놓여 있는 열쇠. 수는 이제 진심으로 걱정되기 시작했다. 정말 이곳에 내 미래를 맡겨도 되는 걸까?

*

두 여자가 만복 펜션에 도착했을 때는 아무도 없었다. 장난 전화였나. 기운 빠진 강이 식탁에 엎드려서 중얼거렸다. 오는 중일 수도 있지. 그렇게 말하는 희조 역시 자신은 없었다. 전화가 걸려 왔으면 좋겠다는 두 사람의 간절한 바람은 때때로 이상한 방식으로 이루어지고는 했으니까. 제대로 된 문의 전화가 아닌 장난 전화는 하루에도 몇 번씩 걸려 오고는 했다. 대부분 어린애들이거나 취객들이었는데, 가장 성가신 이들은 바다 여행을 바다 이야기로 오인한 사람들이었다. 그들은 다른 이들과는 달리 은밀한 목소리로 전화를 걸어와 두 사람의 기대를 한껏 부풀렸다가 실망하게 했다.

두 시간을 더 기다려 보았으나 고객은 감감무소식이었다. 간만의 외출이 허무하게 끝나 버린 두 사람은 거실에서 맥주를 마시며 희조가 고른 영화나 보기로 했다. 영화는 거대한 쓰나미가 인도네시아를 덮치는 과거 회상 장면으로 시작했다. 지금 같은 때 쓰나미가 오면 온 세상이 해파리로 뒤덮일 텐데. 강이 말했다. 원래 같으면 죽었을 사람들이 해파리가 되면 더 나은 거 아니야? 희조의 물음에 강은 죽으나 해파리가 되나 그게 그거 아닌가, 하고 대답했다.

영화는 부산 앞바다에 쓰나미가 밀려오면서부터 본격적으로 심란해졌는데, 대부분의 재난 영화가 그렇듯 엑스트라들부터 속절없이 죽어 나갔다. 두 사람은 자꾸만 주연이 아

임선우

닌 엑스트라들에 감정 이입을 했다. 도망치다가 넘어지는 바람에 물길에 휩쓸린 남자. 붙잡고 있던 전봇대를 놓친 여자. 지붕에서 발을 헛디딘 노인. 우리가 저기 있었다면 벌써 죽었겠지? 강이 물었다. 그렇겠지. 희조가 대답했다.

결말에 이르러 해양구조대원이 타인을 살리기 위해 자신을 희생하는 장면이 나올 때였다. 희조의 가슴이 먹먹해지려던 순간 꼬르륵 소리가 들려왔다. 사람이 죽어 가는데 밥 생각이 나니. 나 아니야. 강이 억울하다는 듯 말했고, 그 순간 꼬르륵 소리가 한 번 더 들려왔다. 저쪽에서 소리가 난 것 같은데. 희조는 강이 가리키는 쪽을 바라보았다. 그곳에는 커튼이 있었다.

희조는 자리에서 일어나 커튼을 걷었고, 동시에 두 여자는 비명을 내지르기 시작했다. 처음 보는 남자 하나가 거실 커튼 뒤에 웅크리고 앉아 있었다. 너 누구야. 희조가 용기 내서 묻자 남자는 저, 저는, 하면서 더듬거리더니 이내 말문이 막히는지 다시 커튼 뒤로 숨어 버렸다. 그 모습을 본 두 사람은 정신을 차리고 커튼을 들추기 시작했다. 제발, 제발 이러지 마세요. 커튼 속에서 남자가 외쳤다. 제가 이 안에서 다 설명, 설명할게요. 사람 얼굴을 보면 말이 안 나와서요. 남자는 커튼을 목숨줄처럼 꼭 쥔 채 말했다. 두 사람은 마지못해 커튼과 대화를 시도했다.

저는 오늘 낮에 전화로 문의드렸던 사람입니다. 믿을 만
한 곳인지 확인해 보고 싶어서 들어왔다가 인기척이 나자 저
도 모르게 숨어 버렸어요. 커튼이 말했다. 펜션 안으로는 어
떻게 들어왔어요? 고객이라는 말에 희조가 존댓말로 바꿔서
물었다. 화분 밑을 들춰 보니 열쇠가 있었어요. 커튼이 대답
했다. 내가 화분 밑은 뻔하다고 했잖아. 희조가 강을 나무랐
다. 도착했으면 밖에서 기다려야지, 문을 따고 들어오면 어
떡해요. 강이 따져 묻자, 커튼은 기어들어 가는 목소리로 죄
송하다고 사과했다. 언제부터 여기 있었어요? 강의 물음에
커튼은 오후 5시라고 했다. 시간을 확인해 본 강은 깜짝 놀
랐다. 지금 시각은 9시였다.

지금 당장 저를 해파리로 만들어 주실 수 있나요? 커튼이
물었다. 그건 곤란한데요. 희조가 대답했다. 오늘 밤에 비 예
보가 있어서요. 비가 오면 위험해서 움직이지 않아요. 커튼
은 잠시 머뭇거리다가 알겠다고 대답했다. 300만 원 선불인
건 아시죠? 희조의 질문에 커튼은 불쑥 흰 팔을 내밀더니 바
닥에 무언가를 내려놓았다. 제가 가진 게 이것뿐인데 어떻게
안 될까요? 희조가 집어 들어 보니 순금 반지였다. 세 돈 정
도 나가는 듯했고, 그러면 100만 원도 되지 않았다. 와중에

임선우

커튼 뒤에서는 또다시 꼬르륵 소리가 났다.

우선 뭐라도 먹여야겠는데? 강이 말했다. 커튼은 괜찮다며 사양했으나 강은 자신들도 저녁을 먹지 않았으니 간단한 상을 차리겠다고 했다. 두부를 넣어 된장국을 끓이고 냉장고에서 밑반찬을 꺼내 놓고 보니 그럴듯한 한 상이 되었다. 잠시 뒤 희조는 커튼에 대고 말했다. 밥 차렸으니까 나와요. 수는 그제야 쭈뼛거리며 커튼 밖으로 나와 식탁에 앉았다.

낯선 이들과 함께 밥 먹는 일은 수에게 불가능에 가까웠다. 그렇지만 이번에도 허기가 수치심과 두려움을 이겼다. 커튼을 사정없이 쥐어뜯던 두 여자는 수가 고객이라고 밝힌 순간부터 눈에 띄게 친절해졌고, 수는 그들의 시선을 피해 가며 허겁지겁 밥을 삼켰다. 이거 묵주반지 아니에요? 반지를 살펴보던 희조가 물었다. 맞습니다. 천주교 신자세요? 저는 종교가 없습니다. 수는 잠시 먹던 것을 멈추고는 말했다. 반지는 아버지 유품이에요. 유품을 파는 것은 못 할 짓이지만, 제가 바다로 가고 나면 어차피 남겨질 물건이니까요. 그러자 희조는 수에게 반지를 돌려주었다. 내일까지는 끼고 계세요. 변신하기 전에 빼도 늦지 않을 테니까. 저를 해파리로 만들어 주실 건가요? 수가 기대에 차서 물었다. 적자기는 해도 어쩔 수 없죠. 희조를 대신해서 강이 대답했다. 무심한 승

낙에 마음이 놓인 수는 밥그릇을 싹싹 비웠고, 식사를 마친 다음 자리에서 일어나려는데 강이 막아섰다. 설거지하셔야죠. 우리가 아예 손해 보는 장사는 안 해서요.

일이 그렇게 되는 바람에 수는 몇 년 만에 처음으로 설거지를 하게 되었다. 남은 음식물을 모아 처리하고, 그릇을 하나씩 문질러서 닦는 일. 간만의 집안일에 수는 허둥거렸으나 얼마 지나지 않아 단순노동의 명료한 즐거움에 빠져들었다. 개수대 속 그릇이 줄어들수록, 건조대에 깨끗한 그릇이 쌓여 갈수록 묘한 성취감이 느껴졌다. 내일 아침 전에는 끝나겠죠? 중간중간 강의 빈정거림도 참아 가면서 수는 꿋꿋하게 설거지를 마무리했다. 오랜 고생 끝에 고무장갑을 벗었을 때, 수는 비로소 희조에게서 객실 열쇠를 건네받을 수 있었다.

궁금한 것이 있는데요, 하고 객실로 올라가기 전 수가 희조에게 조심스레 물었다. 제가 몇 번째 고객인지 알 수 있을까요? 첫 번째예요. 희조가 덤덤한 목소리로 대답했다. 저희가 사업을 시작한 지 얼마 안 되었거든요. 혹시 불안하신가요? 아닙니다. 괜찮습니다. 수는 마음에도 없는 대답을 했다. 인제 와서 뭘 어쩌겠는가. 어찌 됐든 수는 오늘 만복 펜션 202호에서 밤을 보내게 될 것이었다. 세 평짜리 어두컴컴한 방이 아닌, 지난 6년간 신체의 일부처럼 느껴졌던 그 방이

임선우

아닌.

비 내리는 밤, 수는 삐걱거리는 펜션의 나무 계단을 밟고 올라가 202호 문을 열었다. 침대와 옷장 그리고 작은 목재 화장대가 놓인 단출한 방이었으나 객실 중앙에는 커다란 스파용 욕조가 있었다. 내일이면 저 욕조에서 해파리가 되는 걸까. 수가 몰래 둘러봤던 펜션 내부에 더 커다란 욕조나 수영장은 보이지 않았다. 긴장이 풀린 수는 옷도 갈아입지 않은 채 침대에 누워 하루를 돌이켜 보았다. 긴 하루였지. 옷을 훔치다가 걸렸고, 해파리가 되고자 찾아온 펜션에 무단 침입했다가 또다시 걸렸고, 사람들과 함께 밥을 먹은 다음에는 설거지를 했다. 아버지가 본다면 울다가도 웃을 일일 테지……. 그러나 오늘 같은 일이 가능했던 것은 이번이 마지막이기 때문이었다. 마지막일 테니 버스를 탔고, 마지막일 테니 사람들과 밥을 먹었다. 다음이 없다는 것은 가벼워지는 일이구나. 미래에 대해 아무것도 약속하지 않는다는 것은 그저 둥둥, 흘러가는 대로 흘러가는 일. 어쩌면 인간은 해파리가 되겠다고 결심하는 순간부터 반쯤은 해파리가 되는 것일지도 모르겠다고 수는 생각했다. 반쯤의 인간, 반쯤의 해파리.

그러나 수가 오늘 하루 중에 가장 놀랐던 일은 도난 방지

음이 울렸던 때도, 6년 만에 사람들과 밥을 먹던 때도 아닌, 펜션 커튼 뒤에 숨어 있을 때 일어났다. 현관문 열리는 소리에 놀라 숨어든 그곳에서 수는 마침내 만날 수 있었다. 커튼에 내내 가려져 있었던, 창 너머의 드넓은 바다를.

변종 해파리가 출몰한 이후로 수의 유일한 소원은 해파리를 보러 가는 것이었다. 단 한 번만이라도 좋으니 밤바다에서 해파리들이 내는 푸른빛을 두 눈으로 직접 보고 싶었다. 떠도는 말에 의하면 해파리 빛에는 사람이든 동물이든 숨 붙어 있는 것이라면 무엇이든 홀리는 힘이 있다고 했다. 순수하게 빛에 이끌리는 마음은 무엇일까. 머리로 받아들이기 이전에 몸부터 나아가게 만드는 매혹이란 어떤 것일까. 커튼 안쪽으로 들어와 바다를 본 순간부터 수는 자신이 처한 상황조차 잊은 채 창밖을 보는 데만 집중했다. 커튼 밖 두 사람의 대화 소리도, 영화 소리도 수의 귀에는 들리지 않았다. 수는 다만 인내심을 갖고 기다렸다. 해가 지는 동시에 어두컴컴해졌던 바깥이 새로운 빛으로 다시 환해져 오는 그 순간을.

수백 수천의 해파리 떼가 모여든 바다는 해가 지고 어둠이 점점 깊어질수록 불을 켠 듯 빛나기 시작했다. 이 세상의 것이 아닌 듯한 환하고 아름다운 빛. 내일 당장 해파리가 된다고 하더라도, 수는 자신의 무의식에 이 빛에 대한 기억만

임선우

큼은 남아 있으리라는 사실을 알았다. 내일 밤이면 수 또한
저 바다에서 하나의 빛으로 존재하게 될 것이었다. 수는 차
분히 눈을 감은 채 빛, 그 푸른빛을 떠올려 보았다.

　다음 날 아침 일찍 들려오는 노크 소리에 수는 잠에서 깼
다. 서둘러 일어나 문을 열어 보니 단발머리 여자가 문 앞에
서 있었다. 어젯밤 수에게 변신을 도와줄 담당자라고 자신을
소개했던 여자였다. 이름이 강이라고 했던가. 강은 지금 한
가로이 자고 있을 때가 아니라고 했다. 아무래도 반지 하나
로 대신하는 건 너무 손해 보는 것 같아서요. 해파리가 되기
전까지는 저희 일 좀 도와주셔야겠어요.
　잠결에 순순히 고개를 끄덕인 것이 잘못이었다고, 수는
펜션 바닥을 쓸면서 생각했다. 간단히 세수만 하고 1층으로
내려온 다음부터 수는 쉴 새 없이 일했다. 전구를 갈고, 이불
을 빨고, 바닥을 쓸었다. 몇 년 만에 해 보는 일에 마음이 쫓
긴 나머지 수는 전구도 하나 깼는데, 깨진 전구를 치우는 것
또한 수의 몫이었다. 그럼에도 이곳에서는 시간의 흐름이 분
명하게 느껴진다. 갓 빨래한 이불 냄새를 맡으면서 수는 생
각했다. 전구 가는 일은 10분, 바닥 청소는 30분, 이불 빨래
는 한 시간. 여름 이불이 햇볕에 마르기까지는 반나절이 걸

린다고 했다. 창밖이 어둑해지면 저녁이고 밝아져 오면 아침
이라고 막연히 여기던 지난날과는 다른 방식으로 시간이 흘
러갔고, 수는 그 사실에 묘한 기쁨을 느꼈다.

희조라는 여자는 언제쯤 돌아올까? 강은 조금 전 희조가
해파리 촉수를 구하러 해변으로 갔다면서, 희조가 돌아오면
언제든지 해파리가 될 수 있을 테니 수에게 마음의 준비를
하라고 일러 주었다. 수는 그 말에 묵묵히 고개를 끄덕였으
나 마음의 준비라니, 그런 것은 이미 오래전에 끝나 있었다.
수가 바닥 청소를 마쳤을 때 강은 잠시 쉬었다가 마당으로
나가자고 했다. 마당이요? 수가 되묻자 강은 신발장에서 목
장갑과 호미를 꺼내며 대답했다. 간밤에 비가 왔잖아요. 이
김에 잡초 좀 뽑으려고요.

환한 대낮에 보는 펜션 마당은 작은 정글이었다. 오랫동
안 내버려둔 잡초들은 수의 허리 높이까지 자라 있었고 뿌리
가 억셌다. 수가 잡초를 힘주어 잡아 뜯으려 하자, 옆에 있던
강이 그렇게 하는 게 아니라면서 손을 뻗었다. 갑작스러운
손길에 놀란 수는 자신도 모르게 두 손으로 머리를 감싸 쥐
었다. 뿌리 캐는 법을 알려 주려고 했는데. 손을 거두며 강이
말했다. 수는 거듭 죄송하다고 사과했다. 죄송해할 거 없어
요, 하고 강이 다시 호미로 땅을 파내면서 말했다. 땅을 충분

임선우

히 파낸 다음에 뿌리를 캐내야 해요. 중간에 끊긴 뿌리는 금세 다시 자라나니까.

잡초는 수의 생각보다 훨씬 깊은 곳까지 뿌리를 내리고 있었다. 다행히 비가 내린 뒤라 흙이 부드러웠고, 수가 호미로 땅을 깊이 파낸 다음 뿌리를 건드리자 부드럽게 뽑혔다. 두 사람은 초여름 햇볕에 정수리와 목덜미가 뜨거워질 때까지 땅을 파내고 잡초를 뽑아냈다. 해파리가 되는 과정이 이토록 힘들 줄 알았더라면 수는 진지하게 다시 생각해 보았을 것이다. 그러나 흙냄새를 맡으니 마음이 좋아졌고, 잡초를 뿌리째 뽑을 때는 가뿐한 마음이 들기까지 했다. 지금은 아무런 생각 없이 몸만 움직이는 시간. 두 시간이 지나자 마당은 탁 트인 평지의 모습을 되찾았다.

잡초를 드럼통에 모아 넣으면서 강은 마당에 옥수수나 해바라기를 심고 싶다고 했다. 높이 자라는 식물이 좋더라고요. 잠깐 눈 뗀 사이 내 키를 넘어서 훌쩍 자라 있는 그런 식물들. 옥수수든 해바라기든 내년에 그것이 자라나는 일을 볼 일은 없을 테지만, 수는 그러면 좋을 것 같다고 대답해 주었다. 동시에 수는 마당에 아무것도 심지 않고 이대로 두는 것도 좋겠다고 생각했다. 그러면 자라나는 잡초들을 주기적으로 뽑을 수 있을 테고, 복잡한 머릿속을 비우는 데는 그만한 것이 없으니까. 젖은 잡초에 연마제를 넣고 태우자 매캐한 냄새와 함께 희부연 연기가 올라왔다. 둘은 마당에 있던 플라스틱 의자에 나란히 앉아 그 모습을 구경했다. 전날 수가 두 사람을 기다리면서 홀로 앉아 있던 그 의자였다. 흰 연기는 공중으로 높이 올라가다가 어느 시점부터는 투명해졌다.

수가 자신의 방에서 찬물로 몸을 씻고 나오자, 강은 열무국수를 만들어 주었다. 소면만 끓이면 금세 완성되는 여름철의 열무국수. 비록 식탁 맞은편에 앉은 강의 눈을 마주 보지는 못하더라도, 수는 사람과 밥을 먹는 일이 생각만큼 힘들지 않다는 사실을 깨달았다. 이번이 마지막이라는 생각은 수에게 주문과도 같았다. 그동안 수가 불가능하다고 느꼈던 일들도 마지막이라고 생각하면 마법처럼 단순해졌으니까.

티셔츠 귀엽네요. 수가 갈아입고 온 티셔츠를 보며 강이 말했다. 그것은 전날 수가 매장에서 훔쳤던 티셔츠 중 하나였다. 검은색 무지 티셔츠인 줄 알고 훔친 것인데 입고 보니 등판에 혓바닥을 내민 불도그 얼굴이 커다랗게 그려져 있었다. 진심으로 하는 말인지 의심스러웠으나 수는 일단 고맙다고 대답했다. 해파리 용액을 마시면 하루 만에 해파리로

임선우

변신할 수 있고요, 변신 이후에는 저희가 수조 차로 안전하게 바다에 보내 드려요. 국수를 먹으면서 강이 설명했다. 해파리 용액에는 무엇이 들어 있나요? 수가 묻자 강은 해파리 촉수와 술을 섞었다고 했다. 촉수는 알코올에 닿는 순간 자포의 독을 전부 터뜨리는데, 이때 재빨리 용액을 삼키면 인간은 단시간에 해파리로 변신할 수 있었다. 좋네요. 수가 고개를 끄덕이며 대답했다. 변신이 망설여지지는 않아요? 전혀요.

그 뒤로 두 사람은 말없이 국수를 먹었다. 문제는 침묵이 길어질수록 수가 무슨 말이든 해야 한다는 압박감에 시달렸다는 것이다. 수는 한참 만에 용기를 내서 강에게 이 사업을 어떻게 시작하게 된 것인지 물어보았다. 그러자 강은 솔직하게 말해 줄까요? 하고 되물었다. 질문을 받는 순간 강은 생각한 것이다. 어차피 수는 내일이면 해파리가 될 테니, 지금 자신이 꺼낼 얘기는 지상에 새어 나갈 일이 없을 것이라고.

희조에게 필요한 사람이 되고 싶었어요. 잠시 머뭇거리던 강이 말했다. 되도록 둘이서만 할 수 있는 일, 내 자리가 쉽게 대체될 수 없게 비밀스러운 일이면 더 좋겠다고 생각했어요. 희조와 지낼 집이 필요했고, 희조와 함께 다닐 수 있는 차도 필요했고, 그 모든 조건을 자연스럽게 충족시킬 수 있는 게 이 일이었어요. 희조 씨를 사랑하세요? 수가 물었을 때 강은 한 치의 망설임도 없이 그렇다고 대답했다. 다만 연인으로서의 감정은 아니에요. 저에게는 연인이 아니라 가족이 필요했던 거니까.

이 일을 하기 전에는 금괴를 날랐고 그때 희조를 만났어요, 하고 강은 말을 이어 갔다. 그때는 밥 먹듯이 배를 탔는데, 선상에 서 있다 보면 문득문득 바다로 뛰어들고 싶다는 충동이 들었어요. 선상 난간에 몸을 걸치고 있다 보면 두 발을 떼는 순간 바다로 빠질 수 있었거든요. 어느 방향으로 기울어지는 것이 좋을까, 매 분 매 초가 선택의 순간이었어요. 그 시기에 저를 매번 선실로 돌아가게 해 준 것은 희조였고, 희조뿐이었어요. 얘기를 들은 수는 한참 만에 대답했다. 저에게는 그런 사람이 없어서요. 그러자 강은 수의 약지에 끼인 반지를 가볍게 두드리면서 말했다. 생각하기 나름이에요.

수는 그 말에 대답하지 않고 얼음 띄운 열무국수를 그릇째 들고 마셨다. 몸과 마음이 가벼워지는 시원한 여름의 맛. 수가 생각에 잠기려던 찰나, 수의 앞으로 강의 빈 그릇이 놓였다. 다시 찾아온 설거지 시간이었다.

임선우

설거지를 마친 다음 두 사람은 저녁 산책을 하기로 했다. 소화시킬 겸 잠깐 걸을래요? 강이 물었을 때 수는 그러자고 했다. 수는 객실로 혼자 돌아가는 일이 어쩐지 꺼려지던 참이었다. 혼자 방 안에 있다 보면 필요 이상으로 많은 생각이 들었으니까. 생각에 목줄이 매여 끌려다니다 보면 가만히 누워서도 숨이 찼고, 수는 숨이 차서 헐떡이는 자신을 오늘만큼은 마주하고 싶지 않았다.

이제는 기피 지역이 되어서일까, 아니면 원래부터 관광객이 드문 곳이었을까. 여름 해가 넘어가자 펜션 주변은 인기척 없이 조용하고 어두워졌다. 가로등 불빛조차 희미한 시골길을 강은 어둠 속도 들여다보이는 사람처럼 편안하게 걸었고, 수는 그런 강에게 의지하며 걸었다. 제가 어떤 책을 읽었는데요, 하고 어둠 속에서 강이 입을 열었다. 거기 등장하는 인물은 건물이 말하는 소리를 들을 수 있었어요. 그래서 지금처럼 조용한 밤이면 건물들의 대화를 엿들어서 세상의 비밀을 많이 알게 되었대요. 내내 잊고 지내던 얘기인데 최근 들어 자꾸만 생각나요. 만복 펜션이 입을 열면 무슨 말을 할지 궁금해서요.

그렇겠지, 수십 년간 인간을 알처럼 품고 지내 온 건물들은 인간에 대해 속속들이 알고 있을 것이다. 나를 가장 잘 아는 대상이 나의 낡고 오래된 방일 수밖에 없는 것처럼. 수는 생각했다. 그들은 건물의 비밀스러운 대화를 상상하며 조용히 걸었고, 어느 시점이 되자 상상에 잠겨 있던 두 사람의 눈앞이 환해졌다. 수가 고개를 들자 저 앞의 밤바다가 푸른빛으로 일렁이고 있었다. 해파리 빛을 보는 것이 처음이에요? 멍하니 앞을 바라보는 수에게 강이 물었다. 어젯밤에 창밖을 보긴 했는데요, 이렇게 가까이서 보니 또 다른 느낌이네요. 어때요? 사람들 말대로 홀리는 듯한 기분이 들어요? 네, 그런 것 같아요.

몇몇 사람들은 해파리 빛이 인간을 홀린다는 사실을 두고 변종 해파리가 내는 빛을 인류 멸망의 빛이라고 표현했다. 인터넷에는 멸망, 보복, 재난과 같은 단어들이 흔해졌고, 영국의 한 기상학자는 자신의 트위터에 "변종 해파리는 지구가 인간을 몰아내기 위해 만들어 낸 생명체일지도 모른다. 지구가 자정 작용을 하고 있다."라고 적기까지 했다. 그러나 만복 펜션의 세 사람에게 해파리 빛은 멸망과는 거리가 멀었다. 그들은 빛나는 바다를 바라보며 멸망이 아닌 새로운 삶을 꿈꿨다. 희조에게는 더욱 안정적인 삶, 강에게는 오래도록 바라 오던 삶을 실현할 기회였다. 그리고 수는 마침내 방에서 벗어나게 될 것이었다.

임선우

잠깐 앉을까요, 하고 강이 어딘가를 가리키며 물었다. 저기 앉아서 바다를 구경하다 보면 희조랑 같이 들어갈 수 있을 거예요. 강이 가리킨 곳은 2인용 플라스틱 의자가 놓인 오래된 버스 정류장이었다. 수가 의자에 앉자 밤바다가 훤히 내려다보였다. 궁금한 것이 있는데요, 하고 잠시 뒤에 수가 입을 열었다. 선상 난간에 기대어 계실 때 바다가 저렇게 빛나고 있었더라면 선택이 달라졌을 수도 있나요? 강은 운동화 앞코로 바닥에 의미 없는 선들을 한동안 긋다가 대답했다. 아닐 거예요. 환한 바다를 오래도록 바라보던 중, 엔진 소리가 들려서 뒤를 돌아보니 수조 차의 헤드라이트가 두 사람을 비추고 있었다. 오늘 했던 얘기는 희조에게 비밀이에요. 강이 조용한 목소리로 말했다. 수는 고개를 끄덕였다. 희조가 운전하는 수조 차는 운전석과 조수석 사이에 좌석이 하나 더 있는 3인승 차량이었다. 세 사람은 나란히 앉아 펜션으로 돌아갔다.

내가 뭘 구해 왔게. 펜션에 가까워질 즈음 희조가 들뜬 목소리로 말했다. 무엇이냐고 강이 묻자, 희조는 살아 있는 해파리를 구했다고 했다. 펜션에 도착한 세 사람이 차에서 내려 이동 수조 안을 들여다보자 희조 말대로 살아 있는 해파리 한 마리가 있었다. 방금 떠밀려 나왔는지 모래사장에서 빛이 나고 있더라고. 희조가 말했다. 이걸 어쩔 셈인데? 강이 물었다. 빈 객실 욕조에 풀어 놓을 생각이야. 희조가 대답했다. 그런 다음에는? 강이 또다시 물었을 때 희조는 대답하지 않았다. 실은 이틀에 한 번씩 촉수를 구하러 해변에 가는 일이 지겨워서, 희조는 필요할 때마다 살아 있는 해파리 촉수를 조금씩 잘라 낼 생각이었다. 그러나 수를 앞에 둔 채 그런 얘기를 꺼낼 수는 없었다. 그냥 데려온 거야, 신기하니까. 희조는 그렇게 둘러댔다.

희조는 장갑을 낀 채 해파리를 대야 안으로 옮겼고, 세 사람은 대야를 들고 펜션 계단을 조심스레 올라가서, 수의 옆방인 203호 욕조에 해파리를 풀어 주었다. 그러는 동안 해파리는 아무런 저항도 하지 않았다. 다만 갓이 부풀었다가 줄어들길 반복했는데, 자세히 보니 갓의 일부가 조금 찢어져 있었다. 오래 살기는 힘들겠다. 강이 말했다. 그래도 객실 불을 껐을 때 어둠 속에서 해파리는 환하게 빛났다.

지금 변신하실래요? 푸른빛이 도는 방 안에서 희조가 물었다. 수가 입을 떼기 전에 강이 먼저 말했다. 변신에는 몸 상태가 중요한데 괜찮겠어요? 낮에 나랑 종일 일했잖아요. 희조가 피곤하냐고 물었을 때 수는 부정할 수 없었다. 그렇긴 한데…… 하고 망설인 끝에 수는 내일 아침에 변신하겠다고

임선우

대답했다. 그러는 편이 낫겠어요. 희조가 고개를 끄덕였다. 세 사람은 욕조 속 해파리가 떠다니는 모습을 잠시 지켜보다가, 인사를 나눈 뒤 각자 방으로 돌아갔다.

객실에 돌아온 수가 침대 위로 쓰러지려던 순간 노크 소리가 들려왔다. 자는 척할까. 움직일 기운이 더는 남아 있지 않던 수가 생각했다. 그럴 만한 용기가 있었다면 애초에 이 자리에 없었겠지만. 수가 가까스로 몸을 일으켜 문을 열자 희조가 서 있었다. 일 시키려는 거 아니니까 걱정 마요. 아까 손을 다친 걸 봤어요. 그렇게 말하는 희조의 손에는 연고와 밴드가 쥐어져 있었다. 괜찮습니다, 어차피 곧 해파리가 될 텐데요. 수의 말에 희조는 하룻밤이라도 안 아픈 게 낫죠, 라고 대답하며 객실 안으로 들어섰다.

낮에 베인 상처일 것이다. 수는 생각했다. 경황이 없어서 다친 줄 몰랐고, 뒤늦게 알아차렸을 때도 딱히 조치하지 않았다. 수는 자신의 손가락을 치료해 주느라 고개 숙인 희조의 동그란 뒤통수를 물끄러미 바라보았다. 희조는 상처 난 곳에 밴드를 감아 주면서 말했다. 살아 있는 해파리를 함부로 데려와서 미안해요. 앞으로 절대 그러지 않을 거예요. 수는 괜찮다고 했다. 해파리가 된다고 해서 낙관적인 미래가 보장된다고 생각하지는 않아요. 잠깐의 정적 뒤에 희조가 물었다. 해파리가 되려는 이유가 뭐예요? 바다로 가는 것보다 집 현관문을 여는 일이 더 무서워져서요.

두 사람은 침대 위에 나란히 걸터앉은 채로 대화를 이어 갔다. 그래도 마지막을 이곳에서 지내게 되어 좋았습니다. 수가 입을 열었다. 일만 시켰는데요. 희조가 대답했다. 오랜 만에 몸을 움직이니 좋았습니다. 사람들과 지내는 것도 오랜 만이었고요. 수는 용기를 내서 옆방 해파리를 조금 더 구경 해도 되겠느냐고 물어보았다. 바라보고 있으면 마음이 좋아 져서요. 희조는 잠깐 망설인 끝에 바지 주머니를 뒤져 수에 게 열쇠를 건네주었다. 진통제 없이 변신하긴 힘드니까 괜한 짓은 말아요. 수는 그럴 생각이 없다고 대답해서 희조를 안 심시켰다. 나가기 전, 희조는 수에게 잘 자라고 인사하며 덧 붙였다. 지상에서의 마지막 밤이네요.

수는 희조가 1층으로 내려간 뒤에 옆방으로 건너갔다. 객 실 불을 켜지 않은 채 욕조를 내려다보았을 때 해파리 빛은 조금 전보다 더욱 푸르고 환해져 있었다. 사람들과 있을 때 는 몰랐는데 이 방은 무척 조용하구나. 해파리의 움직임은 더없이 느긋하고 부드러워서 욕조 가득 채워진 물을 조금도 흘러넘치게 하지 못했고, 아무런 소리도 나지 않았다. 202호 에 혼자 있을 때와는 차원이 다른 203호의 적막함.

임선우

어슴푸레하고 푸르른 객실은 깊은 물속처럼 조용했다. 수는 욕조 앞에 앉은 다음 눈을 감아 보았다. 그러자 바깥에서 들려오는 소리를 하나하나 들을 수 있었다. 아래층 주방 싱크대 물이 틀어지는 소리, 그릇들이 부딪치며 달각거리는 소리, 희조가 뭐라고 말을 건네자 강이 웃음을 터뜨리는 소리, 간간이 이어지는 두 사람의 대화 소리를 수는 음악처럼 집중해서 들었다. 두 사람의 가벼운 발소리와 함께 문 닫히는 소리를 끝으로 긴 적막이 이어졌다.

지상에서의 마지막 밤. 수는 무엇이 자신을 이 밤으로 끌고 와서 푸른빛이 나는 욕조 앞에 앉혀 둔 것인지 처음으로 궁금해졌다. 오랜 시간 조용했던 자신의 방과 그보다 더 조용했던 사무실, 6년간 하루도 빠짐없이 식탁에 차려지던 밥상, 아버지의 짙은 병색, 도망친 곳에서 발견했던 수상한 전단, 커튼 뒤에서 빛나던 바다, 여름철의 열무국수, 높이높이 자라나는 옥수수와 해바라기. 하나하나 지나올수록 이상하리만치 잠잠해지는 마음, 계속되는 생각과 가빠지지 않는 호흡.

만복 펜션 객실에도 해파리, 바다에도 해파리가. 온통 해파리로 반짝이는 밤을 지나서 다음 날 아침 희조와 강이 202호 문을 열었을 때 객실은 텅 비어 있었다. 정돈된 침대 위에는 가지런히 개켜진 티셔츠 한 벌만이. 인사도 없이 가 버린 거야? 내가 말실수해서 겁을 먹었나. 희조가 객실을 둘러본 뒤 말했다. 말실수는 내가 더 많이 했을걸. 강이 대꾸했다. 이 일을 계속하려면 우리는 말을 줄일 필요가 있겠다, 하고 희조는 잠시 뒤에 덧붙였다. 반지도 들고 갔어. 그래도 일은 많이 하고 갔잖아. 강은 그렇게 말하면서 침대 위에 있던 티셔츠를 입어 보았다. 등판에 혓바닥을 내민 불도그 얼굴이 커다랗게 그려진 검은색 티셔츠. 입던 중 목덜미에 무언가 걸려서 확인해 보니 도난 방지 태그가 달려 있었다. 펜치로 떼어 내야겠네. 강이 중얼거렸다.

수가 떠난 객실을 맥없이 둘러보던 두 사람은 침대 시트를 걷어 낸 다음 아침을 먹기 위해 1층으로 내려갔다. 삐걱거리는 나무 계단을 내려가면서 희조가 작게 투덜대는 사이 강은 간밤의 일을 떠올렸다. 지난밤 강은 작은 발소리, 모두가 잠든 새벽 문밖에서 들려오던 조심스러운 발소리를 잠결에 들었다. 그 순간 강은 발소리 주인의 결심을 단번에 이해할 수 있었다. 오랜 기울어짐 끝에 제자리로 돌아가려는 이의 마음, 희조는 그런 마음을 이해할 수 있을까? 그러나 지상에는 희조가 영영 모를 일 또한 존재하고 있다. 이를테면 강이 한동안 이어지던 발소리를 숨죽인 채 듣다가, 현관문이

임선우

조심스레 닫히는 소리를 듣고 나서야 다시 눈 감았던 일 같
은 것.

작년 여름부터 해파리라는 생명체에 관심이 생겼다. 아무런 힘을 들이지 않고 바다를 유유히 헤엄치는 반투명한 생명체. 물결처럼 바람처럼 무해해 보이지만, 어릴 적 나는 그것에 쏘인 적이 있었다. 종아리에 채찍 모양의 검붉은 흉터가 여름이 다 지나도록 남아 있었다. 불에 덴 듯 쓰라렸던 기억.

해파리에 매혹된 것은 해변에 밀려 나온 해파리들을 햇빛 아래 가만히 방치해 두면 흔적도 없이 증발해 버린다는 사실을 알고 나서부터였다. (몸 대부분이 수분으로 이루어져 있기 때문에) 내가 보기에 그것은 생으로부터의 완전하고도 완벽한 도망이었다.

실제로 일본에서는 야반도주하듯 남들 몰래 자신의 삶으로부터 도망치는 것을 도와주는 업체가 있다고 한다. 몇백만 원만 내면 새로운 신원을 부여받은 다음 과거 자신의 존재를 잊고 살아갈 수 있다고. 그렇게 사라진 사람들을 두고 '증발했다'고 표현한다고 했다. 증발한 사람들이 해파리의 특성을 알게 되면 부럽다고 생각할까?

생각해 보면 나에게도 분명 회피형 인간의 기질이 있다. 곤란한 상황에서는 도망치기라는 옵션이 뜨고, 메시지 답장은 오래 걸리고, 아무도 나를 모르는 곳에서 새로운 삶을 시작하고 싶은 욕망 또한 갖고 있다. 그러나 내가 자각하고 있는 사실은, 무언가를 병적으로 회피하려는 인간은 사실 자기 자신으로부터 가장 도망치고 싶어 한다는 것.

지상의 밤이라는 제목은 내가 좋아하는 짐 자무시의 영화에서 가져왔다. 내용은 전혀 다르지만. 모든 것으로부터 도망치려던 인간이 결국 도망치려는 마음으로부터도 도망치는 소설을 썼다.

여름에 완성했던 소설을 초겨울에 다시 읽자니 수가 영영 바다로 떠나는 결말은 어땠으려나, 하는 미련이 남기도 한다. 그 마음이 또 다른 이야기로 이어질 수도 있겠다는 희망을 품으며 이번 소설을 떠나보낸다.

소설을 읽어 주셔서 고맙습니다.

레지던시

리단

"윤정미 씨?"

잠시 생각에 빠져 있었다. 비교적 흔한 생각. '나는 여기에 어울리지 않는데……'라는, 언제나 내가 무엇을 하려 할 때마다 치밀어 오르는 기분. 오늘도 여지없이 사로잡혀 버렸다. 이름을 부르는 소리에, 그제야 나를 바라보는 열한 쌍의 눈을 깨닫고 잠시 머리를 넘기며 대답했다.

"네, 저예요."

"괜찮으세요?"

이렇게 묻는 여성은 바로 내가 한 달 동안 입주할 레지던시의 운영자 김선희 씨다. 그는 조금 걱정이 된다는 얼굴로 다시 물었다.

"피곤해 보이시는데, 마실 거라도 드릴까요?"

나는 정중히 거절했다. 여기 앉은 사람들 중 내 앞에만 음료수가 놓이는 게 싫었으니까. 황급히 다른 사람들처럼 자기소개를 했다. 내가 머뭇거린 이유는 다름이 아니라…….

"안녕하세요, 윤정미라고 합니다. 저는 등단 작가는 아니고, 소설을 쓰고 있어요. 이곳에서 한 편의 소설을 쓰는 것이 목표입니다."

내 목표는 다른 이들에 비하면 매우 소박해 보였다. 아마 다른 이들도 별다르지 않은 목표를 가졌겠지만, 내가 이렇게 위축되는 이유는 이제까지 소개가 돌아오면서 한 명도 비등단 작가가 없었기 때문이다. 누구는 무슨무슨 사에서 시로 등단했고, 누구는 소설로 신인상을 받았으며 퇴고를 위해 이곳에 있다는 그런 목표치의 사람들. 아마 유명한 출판사에서 출간을 하고 다시 한번 조명을 받겠지.

하지만 내게는 그런 기회가 주어지지 않을 거라는 걸 직감적으로 알았다. 나를 초청할 출판사도, 나를 요구할 출판사도 없을 것이다. 나는 아마 구걸하듯 내 소설을 그들에게 들고 가서 투고부터 시작하겠지. 가장 밑바닥부터……. 그런 생각이 들자 다시금 이곳에 괜히 왔다는 느낌이 일었고 이내 자연스럽게 사람들의 눈을 피했다. 내 소개를 마지막으로 운영 측에서는 길면 길고 짧다면 짧을 주의사항들을 안내해 주었다. 세탁실 사용법이나 쓰레기 버리는 곳 같은 것은 들으나 마나 한 이야기였지만 몇 가지 사항들은 조금 주의를 기울이게 했다. 이를테면 이런 것이다.

"작가분들은 서로의 집필실에 들어가면 안 됩니다."

"건물이 낡고 오래되어서 방음이 잘되지 않기 때문에 주의 부탁드립니다."

"B동은 전부 여성 작가분들이 머물고 계십니다. B동의 내부 계단으로 옥상에 올라가는 것은 금지합니다."

그리고 몇 가지 '경고'를 받을 수 있는 지점들과 '퇴실'이 요구될 수 있는 사안들이 나열되었다. 그중에 방 안에서 담배를 피우는 것이 금지된 것은 다소 아쉽다고 생각했다.

"오늘 오리엔테이션에는 총 아홉 분이 참석하셨는데, 오늘 오시지 못한 작가분이 한 분 더 계십니다. 나중에 오며 가며 만날 때 서로 인사를 나누시면 좋겠어요."

운영자는 그렇게 말하고는 열쇠를 하나하나 나누어 주었다. 나는 사람 손을 많이 타서 날붙이가 부드러워진 열쇠를 만지작거렸다. 5시에 모여, 채 한 시간도 안 되는 '앉아 있는' 시간이었지만 급격히 흡연 욕구가 올라왔다. 사람들은 벌써 친해진 것인 양 서로 다시 이름을 묻고 인사를 주고받으며 B동으로 향했다. 오늘 이곳에 온 이들은 모두 여자 작가로 B동의 집필실을 하나하나 채울 것이다. 그들을 따라 멀찍이 걸어가는 와중에 뜰에 야외용 의자와 테이블, 그리고 테이블 위에 양철로 된 작은 양동이 모양의 재떨이를 발견했다.

'흡연 스폿이 가까운 건 좋군.'

나는 함께 따라 들어가기보다 담배를 피우길 택했다. 내가 그들과 어울리지 않으며, '다르다'는 소극적인 신호였다. 바람이 적당히 불며 빨아들이는 숨과 어우러져 담배가 금세 타 들어간다. 아쉬운 마음에 하나 더 태우려다 말았다. 건물은 고풍스럽다면 고풍스럽고, 낡았다고 하면 낡아 보이는 전형적인 빨간 벽돌 건물이었다. 열쇠에 매달린 방 호수는 B02호였다. 어색한 공간. 마치 시골의 여관 같은 느낌이어서, 조심스레 신발장에 신을 넣고 안으로 들어갔다. 과연 사람들은 이 짧은 새에 규칙을 준수하려는 듯 분명 짐을 풀고 부산스러웠을 텐데도 소음이 들리지 않았다.

B02호의 열쇠를 밀어 넣고 돌리자 거대한 유리 테이블과 스탠드, 그리고 높낮이를 조절할 수 있는 큰 의자가 제일 먼저 눈에 들어왔다. 짐은 택배로 부쳤기에 간단한 가방만 내

려놓고 안을 살폈다. 내부는 꽤 컸고, 혼자 쓰기에 넓어 보였다. 원룸으로 치면 적어도 월 65만 원은 거뜬히 받을 것 같은? 안에는 방이 하나 더 있었고 그곳에는 침대가 있었다. 나는 이곳의 '값'을 상상하다 저절로 생각했다.

'이 사람들 중에 나만 담배 피우는 거 아니야?'

방에는 작은 냉장고가 있었고, 그것을 보자마자 반사적으로 술을 채워 넣어야겠다고 생각해 자리에서 일어났다. '아까 오면서 봤던 편의점이 꽤 거리가 있던데, 한 번에 잔뜩 사서 채워 넣어야겠군' 같은 심상이 일다가 '첫날부터 알코올이냐ㅋㅋㅋ' 하고 가라앉기를 반복했다. 같이 온 다른 사람들은 아무 소리도 들리지 않는 것이 벌써 집필을 시작한 것일지도 몰랐다. 집필 양이나 속도에서 뒤쳐지긴 싫었지만, 일단은 술을 마셔야 내 뇌도 좀 돌아갈 테니까, 이렇게 합리화하며 편의점까지 걸어갔다. 종량제 봉투에 맥주 열두 캔을 들고 오는데 언덕배기를 오를 때에는 거의 끙끙 앓는 소리를 하며 걸었다.

'젠장.'

오늘은 일단 마시고, 방도 살펴보고, 바깥도 살펴보자. 내가 전산 오류 나서 들어온 것도 아니고, 그래도 나름 뽑혀서 들어온 건데, 누군가 내 가능성을 알아봤다는 것 아니야? 하는 생각을 혼자 주거니 받거니 했다. 그러고는 정문에 이르러서야 안주를 사지 않았다는 것을 깨달았고, 다시 안주를 사러 편의점까지 걸어갈 바에 그냥 배달을 시켜 먹어야겠다 마음먹었다. 솔직히 처음에는 맥주 한 캔을 예상한 소비(대략 4,000원)였는데, 막상 편의점에서 살 수 있는 만큼의 ─정확히는 사서 가지고 올라갈 만큼─ 맥주 3만 원어치와 마라샹궈 배달 4만 3,000원까지 더해져 ─게다가 배달료도 비쌌다.─ 거의 7만 원을 속사포처럼 써 버린 데에 죄책감이 일었다. 하지만 첫날을 잘 보내야 다음 날도 탈이 없지 하는 이상한 도식으로 연결해 결국 그날 폭식을 하고 말았다.

사실 맥주 네 캔째부터는 기억이 희미한 것이, 중간에 부른 배를 쥐고 그저 정신과 약을 먹고 '이대로 잠들고 싶다'는 욕망과 겹쳐져 그대로 '대빵 큰 쎄로켈' 몇 알을 더 먹고 널브러져 있다가 약과 술에 취한 채 잠들었기 때문이다. 새벽에 일어나 거울을 보니 퉁퉁 부은 것은 당연하고 아직 깨지 않은 잠과 숙취의 피로감으로 인해 안색이 몹시 좋지 않았다.

'세수도 하기 싫다.'

사람들은 어떨지 몰라도, 나는 이런 더러운 기분일 때 글을 쓴다. 사실을 말하자면 나는 거의 늘 더러운 기분 상태이기 때문에 비교적 쉽게 쓸 수 있다. 하지만 그렇다고 그 모든 글이 가치 있는 글이 되느냐? 그렇지 않다. 나는 쓰고 보여지는 부분에 대해서는 수치감이 없다. 아니 거의 모든 상황에서 수치감이 없이 굴 수 있다. 길바닥이나 술집, 모텔, 아무나 만나고 아무렇게나 헤어지는 순간마다 나는 지독하게 수치스럽고, 그 수치스러움의 형상을 누구보다 잘 알기 때문에 ―익숙하니까― 그 모양만 도려내면 나는 여집합의 결과로 수치를 모르는 인간이 된다. 그래서 세수도 하지 않고 무작정 밖으로 나갔다. 어제 그 흡연 스폿에 앉아서 연거푸 담배를 들이켜듯 피웠다.

그때가 이미 새벽 5시인가였고, 뒤편이 산이어서인지 안개가 낀 바깥에서 먼 형체는 그냥 어룽거리듯이 보였다. 내가 두 번째 담배를 피울 때 어떤 모양이 움직였다. 눈을 찌푸리고 그것을 보니 사람인 것 같았다. 하지만 남자처럼 보여서 나는 용기내서 말했다.

"누구세요? ……여기 여자 동이에요."

그 인영이 가까워지자 얼굴을 알아볼 수 있었다. 그냥 머리가 짧은 여자였다. 그는 무해해 보이는 제스처로 양손을 올리면서 말했다.

"저 여잔데요."

"아, 죄송해요."

그리고 더 할 말은 없었다. 그 여자는 머쓱하게 웃더니 테이블 의자를 빼서 앉았다. 나는 그가 스몰 토크라도 걸어올까 봐 다소 긴장하고 있었지만 그 여자는 나를 신경도 쓰지 않는다는 듯이 제 트레이닝복 주머니에서 솜씨 좋게 담뱃갑과 라이터를 꺼내 불을 붙였다. 나도 담배를 피운 지 어언 10년이 넘어서 담배를 피우는 손 모양만 보고도 적어도 그 사람이 오래 담배를 피웠는지 정도는 알아차릴 수 있었다. 대충 짐작해 보건대 라이터 불 붙이는 솜씨를 보아 최소 5년은 피워 본 사람 같았다.

그 여자는 내가 얼굴을 아는 사람은 아니었다. 아마, 오리엔테이션에 참여하지 않은 사람이었다는 얘기다. 그의 모습은 마치 러닝이라도 하고 온 것처럼 트레이닝복 웃옷은 허리에 둘러매고, 약간 땀에 젖은 머리칼을 하고 담배를 피우고 있었다. 나는 운동과 흡연을 동시에 하는 것에 모종의 우스움을 느껴 조금 웃었다.

과연 그 여자는 러닝으로 다져진 폐활량을 고스란히 담배를 위해 쓰는 것 같았다. 나는 같은 흡연자이기도 하고, 여자의 몇 가지 특징(쇼트커트, 안경, 날카로운 인상 등)이 흥미가 생겨 질문했다.

"무슨 담배 피우세요?"

여자는 자신에게 말을 걸 것이라곤 생각도 못했다는 듯, 당혹스러운 얼굴로 나를 바라봤다. 동물들이 놀라면 털을 곤두세우는 것 같은 모습이었다.

"아, 아. 저는 로스만 5밀리 피워요. 그…… 저기…… 그쪽…….."

여자는 나를 지칭할 말을 딱히 찾지 못했는지 얼버무려서 나는 이참에 내 소개까지 해 버렸다.

"윤정미라고 합니다. B동에 있어요."

그러고는 속으로 '바보냐? B동 앞에서 담배를 피우고 있는데 여기 동에서 있는 게 당연하지!'라고 작은 외침을 질렀다. 그 여자는 연기를 내 반대쪽으로 후 불면서 말했다.

"이이유라고 해요. 정미 씨는 뭐 피우세요?"

"팔리아멘트 6밀리 피워요."

순간적으로 머릿속에 팔리아멘트를 피우면 뇌가 녹는다는 낭설이 떠올렸고 ―이 이유 씨가 내가 뇌 녹은 사람인 것처럼 볼까 봐― 이어 팔리아멘트를 제대로 발음하는 사람이 드물다는 것이 생각났다. 사소한 즐거움 삼아 둘 다 말해 보려 했지만, 그 사람은 나보다 늦게 앉았으면서 나보다 먼저 흡연을 마치고 불똥을 튀겨 담배를 꺼 재떨이에 버린 후, 인사말과 함께 쏙 들어가 버렸다.

"종종 담배 피울 때 봬요."

나는 '이름이 특이하시네요' —이럴 때 '특이'라는 단어를 써도 옳은 것인가?— '필명이신가요?' 같은 맞인사를 할 틈도 없이 자리에 멍하니 있다가 재가 떨어져 바지를 더럽히는 걸 보고 정신을 차렸다. 그런데 여기, 대문을 잠가 놓는 시간이 있지 않았나? 지금이 5시인데 운동에서 돌아온다면, 저 사람은 4시부터 운동을 시작한 거야? 무슨 아침형 인간이 이런 데에 다 있어? 자기가 무슨 하루키야?

나는 순간 숙취도 피로도 졸림도 잊고서는 생각했다.

'귀신인가?'

*

'유명 레지던시에서 비등단 작가임에도 불구하고 탁월한 글쓰기 실력에 의해 발탁된 서른의 윤정미 씨' 같은 수식이 내내 머리를 맴돌았다.

이런 생각이 드는 이유는 단순하다. 오늘로 사흘째인데 나는 한 자도 쓰지 못했고, 담배만 여섯 갑, 아니 그 이상을 피웠으며 술은 더 많이 마셨다. 레지던시 내에 있는 재활용 쓰레기통에는 내가 버린 맥주 캔만 가득했다. 그것을 보면

리단

서 조금도 죄책감이 들지 않았다. ─죄책감이 들었다는 뜻이
다.─ 그래서 나는 망상을 늘어놓기 시작했다. 이제 술은 낮
에도 술술 들어갔다. 분명 집에서 나와 이곳으로 들어가기로
했을 때, 나도 술을 먹는 시간이나 조건에 대해 엄밀한 계획
을 세워 놓았지만, 도저히 이곳에서 제대로 된 창작을 하기
는 어려웠다.

 그것은 매우 간단한 이유 때문이었다.

 '소음.'

 특히 옆 방인지 맞은편 방인지 모르겠지만 그곳에서 들려
오는 소리가 나를 몹시도 산만하게 했다. 사실 처음에는 내
가 타자 치는 소리가 지나치게 울려서 그 보복(?)으로 옆 방
에서 덩달아 소음을 내는 것이라 생각했다. 내 타자 소리는
매우 크고 손톱에 닿는 부분이 거슬리는 큰 소리를 낸다는
것은 알고 있었다. 이전에 직장에서 일을 할 때에 줄곧 들었
던 핀잔이기도 했기에 그랬다. 하지만 옆 방에 사는 인물이
누구인지는 몰라도 그 사람은 거의 잠을 자지 않는지 24시
간 중 무시로 소음을 냈는데, 그 소리가 조금 심상치 않았다.

 그래서 나는 애꿎은 타자 소리 탓을 하면서 어제부터 키
보드를 치지 않았다. 그러면 보복성 소음이 줄어들까 싶어
서. 그렇지만 그 소리는 계속되었다. 슬슬 짜증이 나기 시작

했고, 분명 랜덤으로 정한 방 배정이었지만 내가 불필요하거나 볼품없었기 때문에 가장 방음이 어설픈 방에 배정된 것이 아닌지 피해망상에 사로잡혀야 했다.

결국 나흘째 되는 날에 폭발한 나는, 이웃 방들을 둘러보기로 했다. 대낮에는 너무 눈에 띄니 저녁이 지난 시간을 골랐다. B동은 뒤편에 대나무 숲이 있고 그쪽에 조명을 놓아서 밤에 밝게 해 두었기에 안쪽을 들여다볼 수 있었다. 일단 저녁에 느지막이 일어난 나는 담배를 피우는 시늉을 하면서 흡연 스폿에서 기웃거리고 있었다. 방 호수를 보아하니 내 방을 면하고 이웃해 있는 두 방은 B01호 B03호였고, 방 맞은편에는 B07호가 있었다. B07호는 현관과 인접하고 있는 데다가 저녁에도 늘 블라인드를 올려 놓고 불을 켜 두었기에, 그 의미는 즉 나는 '시끄럽게 굴지 않는다'는 의사 표현도 되었다. 그래서 자연히 B07호는 용의선상에서 제외되었다. 그쪽을 지나가는 이들은 모두 불 켜진 B07호를 의식해서 현관문을 조심스레 닫으니 말이다.

그래서 나는 B01호와 B03호를 유심히 관찰하기로 마음먹었다. 마침 뒤편을 힐끗 보니 한 곳은 불이 켜져 있었고, 나는 도면상 그곳이 B01호임을 알았다. 그 안에는 어떤 긴 머리의 여자가 방을 거닐고 있었다. 선풍기가 켜져 있었고, 투

리단

룸인 내 방과 달리 커다란 원룸 구조인 방을 힐긋거리면서 그 사람이 내는 소음을 측정했다. 하지만 생각보다 조용했다. 심지어 여자는 슬리퍼도 신고 있었고, 앉아서 주로 작업을 하는지 좌식 테이블에만 짐이 있었고, 입식 테이블은 텅 비어 있었으며 의자는 옷걸이 대용으로 쓰이고 있었다. 그러면 의자 끄는 소리도 아니고, 발을 쿵쿵거리는 것도 아니다. 나는 B01호를 용의선상에서 제외하고 B03호를 살펴보고자 가까이 갔는데, 불이 꺼져 있어 안쪽을 확인할 수 없었다.

그러나 말이 되지 않는 게, 내가 이 용의자를 확인하려 나온 이유는 단순히 스토커처럼 방 너머를 확인하려 하는 것이 아니라, 분명 조금 전까지 안에서 작게 긁는 듯한 소리가 들렸기 때문이었다. B01호는 조용한 사람이고 B03호는 불이 꺼진 채 비어 있다? 말이 되지 않았다. 나는 B03호를 가까이에서 들여다보려 했지만, 불 꺼진 방 안을 블라인드까지 투과해 볼 수는 없어서 그만두었다. 그러나 가장 유력한 자는 B03호라는 생각만 들었다. B03호를 누가 쓴다고 했었지?

나를 거슬리게 하는 소리는 생활 소음과는 조금 달랐다. 그렇다고 백색소음이나 갈색소음처럼 인지 범위 아래에서 들리는 소리도 아니었다. 간혹 벽 쪽에서 톡, 톡 하고 작게 두드리는 소리가 나기도 했고, 사람이 숨을 참거나, 소리를 참을 때 비어져 나오는 것 같은 소리가 뚝뚝 끊어지며 들리곤 했다. 가장 참을 수 없는 것은 군데군데 띄엄띄엄 들리는 말소리인데, '안⋯⋯ ㄷ⋯⋯'라든지, '그⋯⋯ ㅁ⋯⋯'같이 애매하게 분절된 소리들은 짜증과 동시에 치미는 호기심으로 작용했다. 아까도 분명히 'ㅈ⋯⋯ ㅂ⋯⋯' 같은 소리를 듣고서는 담배를 챙겨 밖으로 움직였는데, 정작 범인을 확신하고 들어오진 못했다. B03호에서 들리는 소리라 하기에는 막상 그곳의 창문 근처에 서니 들리지 않아서 물증을 확보하진 못했다. 심증만 있었다. 그리고 왜인지 그 호실에는 지난번에 만난 이이유 씨가 살고 있을 것이라는 강력한 예감이 들었다.

　나는 임시 방편 삼아 복도에 '소음에 신경 써 주세요'라고 써 붙이기로 마음먹었다. 일부러 B03호 맞은편에 붙여야지, 같은 마음을 먹고 프린터가 있는 A동 건물의 사무실로 향했다. 손 글씨를 쓰는 것을 별로 좋아하지 않아서, 이미 한글 파일로 작성해 둔 상태였다. 손 글씨로 쓰는 것은 너무 연약해 보이고, 나약한 느낌이고 ―나는 내 글씨에 자신이 없다. 게다가 그렇게까지 써서 필체로 내 감정 상태를 표현하고 싶지도 않았고― 또 그렇게 썼는데 무시당하면 나는 조금 더 견디기가 어렵다. 내 손에 해머를 직통으로 내려찍는 기분과도 같다. 왜 이렇게까지 과민하게 구냐는 사람도 있을 것이다. 하지만 나는 그렇게 난 사람이다. 내가 묻은 것이 함부로 다뤄질 때에 나는 내 손발이 다치는 것처럼 실제로 아파한다. 그 고통을 알아주는 사람은 세상에 없었다. 여기까지 상술해보면 내가 몹시도 예민하고, 편집증적인 사람처럼 보일 것을 안다. 하지만 나는 그런 사람이다. 최소한 내 영역에서 자유를 획득하려고 하는 작은 욕망조차 해결되지 못하고 무시당하는 느낌으로 레지던시 생활을 마감하고 싶지 않았다.

공용 프린터기는 '명조체'로 쓰인 '방에서 나는 소음에 주의를 기울여 주세요'라는 문구를 인쇄했다. 나는 사람들이 올까 봐 서둘러 종이를 집어 자리를 뜨려 했다. 이 종이를 인쇄하고 있는 모습을 들키면 당연히 모든 사람들이 내가 그것을 붙였다는 사실을 알게 될 테니까.

필통에서 커터 칼과 자를 꺼내 잘 정렬해서 종이를 잘랐다. 문을 열고 아무도 없음을 확인한 후 B03호의 옆 부분, 그러니까 B03호에 입실할 사람에게 너무나도 잘 보일 위치를 선정해 붙였다. 그리고 방 안으로 돌아왔다. 왜 이렇게 사소한 것에 신경이 날카로워져야 하는가. 조그마했던 신경질은 커다랗게 굴러갔다. 참지 못하고 담배 케이스를 들고 밖으로

레지던시   **127**

나섰다. 나는 이런 자해성 흡연이나, 자해성 음주, 그리고 자해성 약물 남용을 주로 하는데 그것의 원인이 되는 것들이 저들끼리의 세상에서 안락하고 평온하게 있는 것을 몹시 견딜 수 없어 한다. 같은 환경에서 나만 시달리는 것은 거부한다. 세상 도처에 많은 사람들이 있고, 그중에는 무심하고 인간 사정을 모르는 이들도 많다. 그들이 '의도치 않게' —물론 이 말은 신뢰할 수 없다.— 행하는 행위들에 내가 스트레스를 받아야 하는 정당하지 못한 감정의 기울기가 싫다.

담배를 피우고 있는데, 익숙한 인영이 보였다. 그는 멀리서부터 불을 붙이며 담배 테이블로 향하고 있었다. 먼저 알은체를 할 만한 기분 상태가 아니어서 일부러 핸드폰을 보는 척하면서 외면하고 있었는데, 아니나 다를까 그는 지난번처럼 낭랑한 목소리로 인사를 건넸다.

"정미 씨 맞죠?"

나는 윤정미이니까 최소한 맞다고는 해야지……. 다소 떨떠름한 얼굴로 그를 바라보았다. 이번에도 어김없이 트레이닝복에 운동화 차림인 이이유 씨는 담배를 물고 머리칼을 넘기며 말했다.

"정미 씨는 여기 상주하세요?"

나는 순간 답을 하기 어정쩡해 잠시 침묵했다. 그러다가

리단

'네'라고 나온 내 답변의 시차와 어딘가 미진한 듯한 말소리는 이유가 있었지만 묻지 않길 바랐다. 다행히도 그는 더 말을 걸지 않았고 전처럼 자신의 담배에 집중하고 있었다. 나는 괜히 뭔가 말해야 할까? 하는 생각이 들었는데 곧 그 방 주위에서 들리는 소음을 이유 씨도 듣는지가 궁금해졌다. 그러나 내가 물어보면 아까 복도에 붙인 문구를 내가 썼소! 하는 것과 다름없는 말이었기에 참고 다른 말을 던졌다.

"이유 씨는 운동하세요?"

나는 실없이 '아, 그 운동 말고 운동이요'라고 덧붙이려다 참았다. 그러고 참기를 잘했다고 생각했다. 이 사람은 환하게 웃으며 답했다. 자못 천진한 얼굴이라 해도 과언이 아닐 정도였다. 해맑은 얼굴에서는 생기가 돌았고, 담배를 쥐는 손가락의 마디들은 최소한의 지방층만 남아 있었는데 사이사이가 고루 도드라져 보였다.

"저는 그냥 시간 날 때마다 러닝 해요."

"그러면 지난번 새벽에도 운동하신 거예요?"

나는 조금 놀랐다. 이런 건강한 사람이 문학을 하다니(?), 아니면 이 사람은 운동 중독인 것일까? 아니, 내가 갖가지 중독자여서 일반 사람들이 하는 모든 것이 중독으로 보이는 걸까? 내 말에 이유 씨의 눈이 휘어지는 것을 보았다. 그것은 가벼운 호를 그렸는데 위로 솟구친 눈꼬리가 조금 요사스럽게 생긴 기이한 웃음이었다. 이유 씨는 안경을 끼고 있어서 가려져서 잘 보이지 않았지만 왼쪽 눈꼬리 아래에 붉은 점이 있었다. 점과 입술 색이 같았다. 그는 창백한 사람은 아니었지만, 생명력이 넘쳐 보이는 피부는 다른 의미로 희었다. 그런 색은 그냥 타고난 것 같았다.

"맞아요. 수면이 불규칙한데, 잠에서 깨면 늘 달리기를 해요."

나는 가만히 앉아서 이 '운동 중독자'를 조금 더 관찰했다. 반바지 아래로 보이는 종아리는 절반 정도 올라오는 양말을 신었고, 무릎은 손마디처럼 파여서 굴곡져 있었으며, 허벅지 근육이 고스란히 보였다. 나는 그런 인체의 물성 같은 것에 쉽게 마음을 빼앗기는 성정이어서 그를 더 관찰하지 않았다. 담배 한 대 더 피울 시간만 주어지더라도 그 몸이 생각날 것 같았기 때문이다. 딴청을 피우며 다른 질문을 던졌다.

"이유 씨는 몇 호실 쓰세요?"

이유 씨는 담배를 불량배처럼 손가락으로 튕겨 끄고는 그것과 반대되는 느낌으로 재떨이에 조심스레 넣으며 말했다.

"저 B03호 써요."

나는 그 말을 듣고 조금 놀라 담뱃재를 잘못 털어 옷에 쏟아졌다. 그런 내 옷을 보고 이유 씨가 자리에서 일어나 자기 수건을 건네 털어 주며 말했다.

"정미 씨는요?"

나는 매우 수상쩍고 별로 좋지 않은, 이상한 기분이 들어서 일부러 다른 방 호수를 말했다. 왜 아까 내 방 옆, 그러니까 B03호 쪽에서 벽을 긁는 소리가 들렸고, 창가에서 보니 아무도 없었는데 이 사람은 그 방을 쓴다 하고, 방금까지 운동을 하러 갔다 오느라 방을 비우고 있었잖은가?

"B04 방을 써요."

그 말을 들은 이유 씨는 아하- 같은 반응을 늘어놓고는 말했다.

"이 동에 그동안 흡연자가 저밖에 없어서 적적했는데, 정미 씨가 온 뒤로 같은 흡연 동지가 생겨서 좋네요. 자주 봤으면 좋겠어요."

그렇게 말하고 이유 씨는 언제나처럼 먼저 일어나 의자를 살그머니 밀어 넣고 다시 현관을 향해 돌아갔다. 나는 이미 두 대인지 세 대인지 모를 담배를 줄곧 피우고 있었다. 왠지 저 사람이 말한 것이 사실일지 궁금했다. 다시 대나무 숲을 향해 조용히 걸어갔다. 아니나 다를까 내 방 창 옆의 방에 불이 켜져 있었다. 그렇다면 소음의 근원지가 이유 씨라는 뜻인데, 저 사람의 인상은 딱히 다른 사람에게 민폐를 끼칠 타입도 아닌 느낌이고, 그렇다고 저 방이 아니면 이곳에 달리 소음이 날 데도 없었다. 나는 조용히 현관의 비밀번호를 누르고 들어갔다. 지난번에 봤을 때에는 귀신인 줄 착각할 만큼 의외의 시간에 만났지. 그러나 아까 재를 흘렸을 때 그가 수건을 건네면서 부딪혔던 신체는 분명 살아 있는 사람의 것이었다.

그리고 나는 지금, 의도치 않게 다른 사람 생각을 너무 많이 하고 있다는 생각이 들었다. 이것은 위험신호다. 그렇지 않아도 이유 씨의 인상이 아른거렸다. 그가 잘 생겼거나, ― 보편적으로 잘생긴 얼굴은 아니었다.― 그가 멋있고 근사하기 때문이 ―이건 그냥 나의 단편적 느낌이다. 나는 슬렌더한 체형의 사람이 오버핏을 입는 걸 보기 좋아하니까.― 아니었다. 그것은, 사람들 사이에서 느낄 수 있는 감각과 조금 다른, 사람들 사이에 섞여 있는 사람 아닌 자에 대한 느낌과도 같았다. 그래 그런 느낌으로 웃고 있지만, 인간미랄까 인간적인 부분에서 결여가 있는 사람 같았다. 그의 활기는 사람의 기운이라기보다는 여름의 식물 같았다. 나는 담배 스폿의 목련 나무 잎사귀를 한참이고 보면서 떠올렸다. 처음의 그에게서는 동물적인 면모를 느꼈지만 점점 분명해졌다. 이

리단

사람은 동물적 미학이 아닌 식물의 냄새가 더 어울렸다.

*

이유 씨가 B03호를 쓴다고 알게 된 지 며칠이 지났다. 여전히 나는 한 글자도 쓰지 못했고, 아니 몇 개의 문단을 작성하기는 했으나 그것들은 조잡하고 조악하기 그지없어서 거리낌 없이 지워 버렸다. 내가 이곳에 지원서를 넣고 여기서 살게 된 이유는 시답잖았다. 다른 사람들이 생각하기에는 어처구니없을 수도 있을 것이다.

간단히 풀어 보자면, 나는 현재(?) 남자 친구와 동거를 하고 있었다. 우리는 딱 동거 이전까지 아름다웠고 연인 사이처럼 느껴졌다. 그를 김 군이라 칭했다. 사귀던 초반에는 어려서 꽤 일본에 살아 일본어에 능통한 이 남자에게 일부러 '김 군' 혹은 '김 상'이라고 불렸는데 일본어에서의 표기법에 따르면 그것은 '키무-쿤', 혹은 '키무-상'이 될 테지만, 나 또한 일본어를 못하는 수준은 아니어서 '키무'의 연음을 아주 적절히, 완벽에 가깝게 발음할 수 있었고 그럴 때마다 김 군은 즐겁다는 듯이 웃었다. 그러니까, 사귀기 초반에.

우리는 소개팅도 아닌, 다분히 다수의 구성원이 낮은 수준의 친교를 다지는 모임에서 만났다. 나는 꼬챙이처럼 마른 그가 얇은 겨울 코트를 입고 담배를 피우며 서 있을 때, 그때 완전히 반했다. 그 시간에는 마치 우리 둘에게만 눈이 내리는 것처럼, 계절도 온도도 비현실적으로 흘러갔다. 김 군은 자신을 한참 바라보는 나를 보면서 말했다.

"우리 집에 가지 않을래? 일본 밴드인데 들려주고 싶은 노래가 있는데."

그리고 그것은 김 군이 내게 발휘한 가장 친절한 순간으로 남았다. 당연히 그의 집에 갔고, 의례처럼 몸을 섞었고, 잠든 김 군을 보며 ─나는 수면 장애가 있어서 옆자리의 사람들보다 언제나 늦게 자는 저주에 걸렸다.─ 나는 상상했다. '드디어'나 '마침내' 같은. 그리고 '이 사람이라면? 가능하지 않을까?'라는 미래적 망상도 지속했다. 그것은 '김 군과 함께 있으면 나는 살아 있는 기분을 느낄 수 있지 않을까?'에 더 가까웠고, 그날은 늘 나를 채우던 공허, 내 물질적 부분에 언제나 생겼던 구멍이 꽉 채워진 느낌을 ─야한 의미가 아니다.─ 받으며 잠들었다. 먼저 잠든 이의 얼굴을 보면서 누워 있을 때 분노가 치밀지 않았던 것도 처음이었다.

이 순간이 영원하길 바란 것이 아마 내 패착이 아니었을까. 하지만 나는 그러한 패착의 연속을 통해 살아남아 왔다.

바뀌지 않는 내 선택이 이어지면서 동시에 삶을 이어 왔기 때문에 기실 나는 지금도 이것이 내 악수라고 여기지는 않았다. 그저 우리의 삐걱거림이 드러났을 때 나는 김 군보다 더 좌절했고, 김 군보다 헤어나기 어려워했으며, 여전히 김 군에게 의존하려 했고 한편으로는 그에게 상처를 가득 주어 내치고 싶었다.

정확히 3개월이었다. 나도 김 군도 만족할 수 있는 정도의 사이는 말이다. 우리는 처음 만났을 때, 그러니까 내가 반하기 전에 자리를 채우고 멀건 얼굴로 멀뚱멀뚱 앉아 있던 수준으로 떨어졌다. 까닭은 단순했다. 나는 김 군과 더 많은 시간을 보내고 싶었고, 내 시간을 전부 투자하고 그에 응당한 감정과 욕망을 바랐다. 나는 회사에 길게 병가를 냈다. 오로지 김 군과 있고 싶어서.

내 원룸을 정리하고 투룸을 구했다. 이 와중에 김 군에게 돈을 달라거나 빌리지 않았다. 내가 오직 너를 위해 이렇게까지 한다는 절박함……. 아니, 그렇게 비참하게 매달리는 것이 아니라 쿨하게 투룸 정도는 구할 수 있는 모습으로 비치길 바랐다. 그래, 그 때문에 빚을 졌다. 하지만 김 군에겐 비밀로 했다.

함께 있으면 뭐든지 해결할 수 있을 것 같은 기분이 끝나는 시점은 착잡하게도 너무 짧았다. 이사 후 일주일을 넘기지 못했으니까. 짐을 채 정리하기도 전에 김 군은 자신의 작은 방을 투정했다. 그 방은 테이블 하나를 놓으니 이불을 펼자리가 없었다. 나는 즉시 킹사이즈 매트리스를 구매했다. 김 군의 불만이 하나도 없도록. 하지만 나와 매일 같이 잠자리에 드는 김 군은 자신의 불규칙한 생활 습관과 나의 생활 습관이 어긋나는 것에 불만을 표했다. 나는 그에게 맞춰서 일과를 변경했다. 김 군은 술을 마시고 재활용 쓰레기를 제대로 버리지 않고 아무 데나 뒹굴게 두었다. 그러면 나는 청소부처럼 그것들을 치웠다. 집안일도 전부 내가 했는데, 이유는 단순히 내가 청소와 위생에 더 예민했기 때문이다. 우리는 습관성 음주를 했는데, 김 군은 핸드폰 게임을 하며 술을 마셨고 나는 산책을 조르는 개처럼 근처에 앉아서 김 군만 바라보았다. 이런 생활에서 빌어먹게도 나는 행복했다. 김 군이 "나는 이제 집에만 있는 게 질렸어."라고 말했을 때에도. 그리고 "나 다른 여자 만나고 올래."라고 말해도 나는 그가 결국 이곳으로 '돌아온다'는 것에서 정신적 승리를 거머쥐었다.

한편으로 나는 심리적으로 계속 위축되었다. 말 한마디, 메시지 하나 잘못 보내면 김 군이 나를 떠날 것이라는 생각과 나는 버려질 거라는 생각, 아니 이미 버려진 게 아닌가 하는 생각이 새벽녘에 만취해 집에 들어오는 김 군을 보며 안도하는 마음과 엇갈렸다. 매달 나가는 높은 이율의 이자를 생각할 때면 내가 잘하고 있는지 아니면 망가지고 있는지 헷갈렸다. 나는 내가 높은 스트레스를 받는지도 몰랐다. 팔뚝에서 피가 날 때까지 죽죽 긁고 있었어도. 그리고 지금의 내가 자살 고위험군인지도 몰랐다. 김 군이 돌아오지 않는, 외박을 하는 날이면 밤을 새워 기다리다가 자주 근처의 한강 다리로 향했다. 나는 죽고 싶었는데, 그게 내 인생에서 처음 든 생각이 아니라 언제나, 항상, 가만히 있으면 내게 침입하는 마음이었기 때문에 안일하게 굴었다. 고작 이런 것으로 죽지 않을 거라 과신했던 터였다.

뭐 그런 이야기였다. 김 군은 집에 오지 않은 지 꽤 되었다. 간간이 들러 옷만 갈아입고는 다시 나가길 반복했다. 나는 그를 위한 복수가 필요하다고 느꼈고, 그에게 주장하고 싶었다. 나의 능력을, 나도 팔리는 사람임을, 내 창의적 능력이나 이외의 재능을 역설하며, 나는 네가 아무 때나 들어와서 하고 싶은 대로 굴어도 되는 인간이 아님을 강조해 주고 싶었다. 그래서 레지던시 지원서를 썼고, ─되도 않는 글이었을지 모르지만─ 선정되었다.

여기까지 읽은 이들은 그 글이 무엇일지 추측할 수 있을 것이다. 당연히 나와 김 군 사이에서 있었던 나날들을 늘어놓았다. 사실 나는 그 글을 완결 낼 생각은 없었다. 다행히도 레지던시에서는 결과물, 즉 출간을 비롯 상품화까지는 요구하지 않았다. 나는 김 군과의 일을 더 적지 않았고 그냥 나를, 그리고 내가 거쳐 간 수많은 빌어먹을 인간에 대한 회고를 적어 내리면 어떨까, 하고 막연히 생각하고 있었다. 어느덧 열흘째가 다가오고 있었고, 이는 약간의 압박으로 작용했으며 방을 정리하고 청소기를 돌리고 침구를 정리할 때 종종 생각이 미쳤다. 방 정리를 할 때가 아니라고, 너는 글을 써야 한다고 누군가 떠미는 기분이었다.

그럴 때면, 기분의 환기를 위해 바깥에 나와 풍광을 구경하거나, 구경하며 담배를 피웠다. 대나무 숲의 곳곳에서 죽순이 자라고 있었다. 나는 오후의 햇살에 나른하게 잠겨서 고개를 꺾고 연기를 후 불었다. 생각해 보면 세상에 나와 김 군 같은 사이의 인간들은 많을 것이다. 그리고 그런 관계를 적어 내린 글도 엄청 많겠지. 레지던시라는 특성상 결과물을 내야 할 것 같다는 강박이 드는 게 사실이다. 내가 이용하는 모든 제품들이 오로지 사람을 글 쓰게 만들기 위해서 놓여 있다는 것. 그리고 그 위에 숟가락을 얹으라 재촉받고 있다는 것이 은근히 스트레스를 받게 했다.

그렇다고 내가 이런 자기 팔이 이야기 이외에 다른 무슨 글을 쓸 수 있는가? 이곳에 와서 일어났던 특이한 일은 그저 몇 번의 소음과, 이름을 튼 한 명 정도에 지나지 않았다. 나는 내가 스스로 변화나 역동을 창출할 수 없는 사람임을 잘 안다. 나는 사람을 대상화하고, 나아가 이상화하고, 마치 내 우상처럼 모시다가 조금이라도 틀어지면 그 마음 전부가 무너져 몹시 고통스러운 —이것은 심신 양면에 걸친 일이다.— 상태가 되어 버린다. 그리고 그렇게 갈라진 사이는 아무리 봉합하려 해도 내 성정과 기질상 어렵다.

레지던시에 들어오기 직전 나는 김 군을 강하게 추궁해 그가 나를 더는 '사랑하지 않는다' 그리고 '욕망하지 않는다' 여기에 더해서 '자유롭게 다른 여자를 만나고 싶다'라는 말을 모두 유도해 냈고, 두어 시간의 지리한 말싸움 끝에 그에게서 '너와 헤어지고 싶다'라는 말까지 완성해 냈다. 아마 김 군처럼 우유부단하고 나약한 스타일의 사람은 절대 스스로 그 말을 내뱉지 않았으리라. 김 군의 최후의 용기는 '집'과 '생활비'도 대줬던 나와는 "아직은 헤어지고 싶지 않다."라고 모깃소리만 하게 말한 것이었다. 어찌되었던 일련의 심문에 대해 나는 그것이 내 마지막 존엄이라고 생각했다. 그러니까, 상대방에게 이별을 고함받는 것. 그렇게 함으로써 나는 그의 정서적인 방치, 물리적인 바람 피움 등의 피해자가 되기 때문이다. 내가 피해자가 되는 것을 즐기는 게 아니다. 적어도 그 위치성이 나를 떳떳하고, 최선을 다한 인간으로 만든다.

그때 현관문이 열리는 소리가 났다. 나는 반사적으로 뒤돌아보았는데 그곳에는 이유 씨가 있었다. 그도 나를 알아보고 손을 흔들며 말했다.

"오늘 날씨가 좋네요."

나는 이유 씨의 말에 순순히 응하며 대답했다.

"아침까지는 비가 조금 왔는데, 봤어요?"

이유 씨는 오, 하는 표정을 짓더니 말했다.

"어쩐지 아침에 나가기 싫더라. 식사는 하셨어요?"

나는 어제 사 둔 빵으로 대충 끼니를 때웠기에 그렇다고 답했다. 이유 씨는 자신은 지금 방 정리를 하고 있다고 말하며 주머니에서 담배를 꺼내 익숙하게 앉았다.

"세탁실 가 보셨어요? 세탁기 좋던데."

나는 이미 여기 머무는 동안 세탁기를 세 번은 돌려 보았고, 세제가 마음에 들지 않아 한 통 주문해 놓았다는 말은 꺼내지 않았다. 대신 다른 이야기를 했다.

리단

"여기는 다른 건 다 좋은데, 커피를 마실 데가 마땅치 않네요."

이유 씨는 멀찍이 있는 건물 하나를 가리키며 내게 말했다. "저기 A동 지하에 커피 머신이 있는데, 안 가 보셨어요?"

나는 약간 곤혹스러운 얼굴에 입만 조금 웃으며 대답했다.

"아…… 가 봤는데 커피 맛이 좀……."

그 말을 들은 이유 씨는 하하하 웃었는데, 나는 그 목소리가 제법 청명하다고 느꼈다. 고음이나 저음도 아니었고, 아이 같은 말투도 아닌 정말 그대로 정직한 사람의 정직한 감탄사를 들은 지 너무 오래 되었다. 나와 김 군은 서로 상처받은 고슴도치처럼 자기 연민에 빠져 있었기에, 우리의 모든 이야기는 서로를 만나 겪게 된 불행을 토로하는 것에 수렴하는 일이 잦았고 웃는 경우가 드물었다.

"제가 내려드릴까요? 저 커피포트 있는데."

이유 씨는 눈을 빛내며 말했다. 나는 그의 순진한 눈웃음에서 조금 부러움을 느꼈다. 그러니까 누군가에겐 인생이 신산하고, 누군가에겐 인생이 호기심의 연속인 것을 알았을 때, 그리고 자신은 전자에 속한다는 걸 본능적으로 알았을 때 드는 마음이어서 나는 정중히 거절했지만 다시 한번 권유받았다.

"제 포트가 커서 한 번에 여섯 샷이 나오거든요, 괜찮으시면 나눠 드실래요? 저도 지금 마시려던 참이었어요."

두 번의 권유는 무얼까, 의미심장하게 들렸다. 나는 사람들이 내게 청유형으로, 예의 바르게, 나를 고려하고 배려하는 것을 좋아한다. 말 그대로, 정말 좋아한다. 그래서일까. 내 관계들은 주로 초반에, 아주 초반에 주로 기쁨과 행복을 — 이 표현은 적절하지 않지만 일단 사용하겠다. — 느꼈다. 왜 있지 않은가, 의자를 빼 주고, 길 안내를 자처하고, 내가 말했던 것들을 기억해 주는 그런 사소한 것들 말이다. 내가 보통 드는 심상은 그렇다. 나는 이것을 (너를 위해 노력하여) 행하는데, 어째서 너는 그것에 익숙해져 받아먹기만 하는가? 하는 불공평함이 수면 위로 올라올 때 비로소 관계가 시간이 흘렀음을 감지한다. 그 무렵부터 내 '예감 시뮬레이션'이 돌아가곤 하는데 대게 비극적으로 심상이 마무리되곤 했다. 아무튼 내게 두 번을 권한 이유 씨를 뒤따라 레지던시 안으로 향했다. 복도를 지나 공동 주방으로 향했고, 그동안은 말이 없었다.

나는 커피의 맛을 따지지 않는다. 돈이 부족하면 믹스커피를 사서 아침에 일어나 그것을 제일 큰 컵에 들이붓고 그대로 휘휘 저어서 마신다. 돈이 많으면 괜찮은 커피숍에 간

리단

다. 카페는 현대 문명의 좋은 산물이지만 —나는 카페의 온도조절기, 에어컨의 항상성으로 인해 특정 공기의 질이나 온도가 지속적으로 유지되는 것을 좋아한다.— 내 집중력은 그다지 좋지 못하기 때문에 카페에 눌러 앉아 있는 성정은 되지 못한다. 하지만 대충 커피 원두가 각각 어떤 맛이 나는지 정도는 알았다. 이유 씨는 익숙하게 냉동실에서 얼음 트레이를 꺼내며 말했다.

"시원하게 드실 거죠?"

나는 고개만 끄덕였다. 이유 씨는 얼음 트레이의 얼음을 꺼내 큰 유리컵 두 개에 나눠 담았다. 그리고 그대로 샷을 붓고, 정수기의 물을 조금만 섞었다.

"너무 진하면 물 더 타시면 돼요."

나는 이 모든 과정을 일종의 동영상이나 영화를 보듯이 바라보았다. 그냥, 지금의 온습도가 적절했고, 앞에 놓인 커피에서는 고소한 향이 났으며, 곱게 갈린 원두를 쓰레기통에 모아 버리고 곧바로 도구들을 세척하는 이유 씨에게서는 어딘가 비현실적인 느낌이 났다. 커피를 머금었을 때 그것이 과테말라일까 에티오피아일까 잠깐 생각했다. 원두도 양품이었고, 맛도 괜찮았다. 저기 A동의 개방된 커피 머신보다 나았다. 그러다 내가 너무 말이 없었다는 생각에 미쳐 서두

르듯 말을 꺼냈다.

"맛이 좋네요. 향도 그렇고."

"그렇죠? 아무래도 커피는 글 쓸 때 중요하니까……. 저도 저 A동 커피는 도저히 못 마시겠더라고요. 그래서 원두를 사 왔어요."

이야기 화제에 잠깐 '글'이 등장한 것을 나는 놓치지 않았다. 나는 이곳에 사는 '작가'들에게 궁금한 것이 꽤 있었기 때문이다.

"이유 씨는 어떤 글을 쓰세요?"

그러자 이유 씨는 처음으로 웃음이 아닌 조금 곤혹스럽다는 얼굴을 하고, 손가락을 접어 헤아리는 어린애처럼 잠시 생각에 잠긴 듯했다. 그러고나서 그의 입에서 나온 말은 조금 의외였다.

"음…… 저는 등단한 작가는 아니에요. 여기에는 지원서를 내서 됐고, 지원서로는 소설을 썼어요."

나는 약간 놀람과 동시에 이 사람도 나처럼 비등단 작가구나, 하는 생각이 일었는데 그 생각이 하필 다른 버튼으로 뛰어오르고 말았다.

"이유 씨는 작가를 지망하시는 거예요?"

"작가면, 전업 작가 말하시는 거예요? 아, 아직 뭐 발표도

해 본 적 없는데 작가라고 할 수도 없고, 그렇게 큰 꿈을 꾸지도 않아요. 저는 그냥 마음에 드는 글을 쓰는 게 우선이죠. 좀 아마추어 같을지 몰라도."

나는 잠깐 내가 이유 씨와 같은 처지임을 말하고자 했는데, 굳이 내가 비등단 작가임을 어필할 연유는 없다는 생각이 일었다. 이것은 마치 그가 호수를 물었을 때 다르게 대답한 것처럼, 이유 씨를 의식하기 때문에 발생하는 오류라는 것을 나는 직감적으로 알고 있었다. 얼음이 든 잔의 표면에 땀방울처럼 물방울이 흘러내렸고, 나는 잠시 그것을 관찰하면서 동시에 이유 씨를 보고 있었다.

그는 마치 내가 자신을 쳐다볼 것을 알고 있었던 사람인 양 나를 응시하고 있었다. 꼬리가 올라간 눈은 종종 안경 너머에서 예리하게 빛났지만 그 순간에는 퍽 다정해 보였고, 나는 이유 씨가 내려 준 커피를 마시며 아무 말도 하지 않았다. 말이 없는 순간이 더욱 솔직할 때가 있는 법이다. 이유 씨의 시선에 내가 있는 것. 내 옆의 자리가 비어 있는데 잠시 앉아 있을래요? 같은 멍청한 유혹. 하지만 이런 텐션과 긴장감을 나는 미친듯이 좋아한다. 그리고 책임감 없이 던져 버릴 수 있다면 더할 나위 없이……. 내가 먼저 입을 열었다.

"사실 제 방이 B04호가 아니라 B02호였어요. 호수를 착각했거든요."

우리가 두 살배기도 아니고 2와 4를 헷갈릴 일이 어디 있 겠냐마는 이유 씨는 가만히 미소 지었다.

"방에서 자꾸…… 소음이 들리는데 이유 씨 방도 그래요?"

이번 것은 대답이 길 법한 질문이었지만 이유 씨의 대답 은 짧았다.

"제 방은 바람소리만 많이 들려요."

나는 이번에는 정말로 그의 눈동자를 빤히 바라보며 물었 다. 최대한, 직설적으로.

"저는 병가를 내고 이곳에 왔어요. 원인은 여럿 있지만 주 된 이유는, 그래요. 전 남친에게 차여서 왔어요. 그 집에 있기 싫어서."

한번 말하기 시작한 자기 이야기는 줄줄이 계속되었다. 이런 게 필요했다. 내 더러운 감정과 기분과 또 그것으로 말 미암아 생성되는 더럽고 기분 나쁜 것들의 연쇄 작용. 그것 을 끊어 버리기에 나는 모진 성격이 못 되었고, 아니 남에게 모진 말을 하거나 모나게 구는 건 할 수 있는데 그게 지속적 으로 자기 자신에게 향해져 있으면 너무 힘든 게 당연한 거 아니냐고. 나도 휴식과 평화, 안온함과 안정 같은 것을 누릴 수 있지 않느냐고, 이런 말들을 잔뜩 늘어놓았다. 이유 씨는 중간중간 커피를 마시면서 고개를 끄덕이고, '아'라든지 '와' '어' 같은 반응을 보이며 나의 이야기에 동참했다. 그리고 이런 경험은 내게는 매우 '극적으로' 작용했다. 나는 나의 이야기를 충분히 예의 바르게 경청하는 이유 씨에게 갑자기 뭔가 부담을 준 것은 아닌가? 너무 많은 걸 돌연 늘어놓아서 당황하지 않았을까? 같은 생각이 일었다. 내용적 측면에서의 수치스러움이라든지 과도한 정보, 과잉된 자의식이나 연민 같은 것을 드러낸 것은 후회하지 않았지만 이 말을 굳이, 이 타이밍에 한 것이 적절했는가 여부가 나를 죄어 왔다. 그러나 이유 씨의 반응은 예상과 달랐다.

"여기서라도 편하게 지내세요. 커피 마시고 싶거나, 담배 피우고 싶을 때에는 문 두드리시면 보통 있을 거예요."

나는 이제껏 내 이야기를 속사포로, 진력나게 해 대면 지레 겁을 먹고 도망간 남녀들이 —나는 바이 섹슈얼이다— 차례차례 생각이 났다. 그리고 개중 제일 '나은' 반응을 보인 이유 씨를 다시 보면서 말했다. 이번엔 좀 노골적으로.

"제가 매일 찾아가면 어떻게 하시려고요."

하지만 이유 씨는 빙긋 웃고 남은 커피를 들이켜며 말했다.

"담배도, 커피도, 매일 하잖아요?"

*

Day-20

나는 매일 일기를 쓴다. 블로그에 올린다. 일기의 내용은
대체로 다음과 같았다.

- 죽고 싶다
- 술 마시고 싶다(보통은 술을 마시면서 이 생각을 한다)
- 내 삶에 혁신적인 무언가를 바라는 게 그렇게 큰 잘못인가?

그리고 기타 등등 허접스러운 잡문들이 이어진다. 오늘은
어느 편의점에 들렀고, 알바가 어떻게 생겼으며 그가 내게
친절하게 —또는 무심하게— 굴었는지와 같은 것들. 그런 식
으로 보면 이곳에 온 첫날부터 내가 주구장창 써 내려간 일
기들은 다 비슷했다. 나는 3일 전 감정을 반복 경험했고, 또
는 어제의 기분이 이어져 동일한 내용을 쓰는 그런 비생산
적인 글쓰기를 하고 있었다. 간혹 다른 내용을 쓰는 날이 있
는데, 그때는 주로 내가 정신건강의학과에 내원하는 날이다.
나는 사실 한 주 중 이 이벤트가 있는 날을 제일 즐긴다. 비록
내가 하는 말들이 연극적 독백처럼 공허하게 의료실 안에서

리단

배회하다가 유령처럼 투과하는 것이어도, 예를 들면 의례적으로 의사는 다음과 같은 말을 한다.

"정미 씨 잘 지내셨나요?"

"선생님은 왜 저만 보면 잘 지내셨냐고 묻죠? 제가 잘 지내는 것 같아 보여요?"

언뜻 보면 시비조인 나의 말은 속내는 전혀 그렇지 않다. 오히려 '내게 늘 같은 질문을 던지는 내게 관심이 없는 주치의'라는 존재는 나를 여러 방면에서 자극한다. 지적으로, 인간적으로, 그리고 성적으로. 아마도 내가 달리 깊이 만나는 사람이 없는 것도 한 몫 한다. 나는 대체로 주치의에게 필요 이상의 마음을 쏟게 되거나, 쏟고 말았고 ―그 때문에 병원을 대략 3회 정도 옮겼다.― 언제나 그 얘기를 꺼낸다. 그러니까 이런 얘기.

"선생님을 대상으로 섹슈얼한 상상을 했는데, 어떻게 생각하세요?"

나는 의사의 견고한 방어막을 거침없이 침입한다. 그 영역은 의사-환자 관계를 유지하기 위한 방어선이고, 나는 그것을 건드리고 자극하면서 의사의 입에서 실수가 나오길 바란다. 그것은 내가 김 군에게서 이별을 말하게 만든 사납게 추궁하던 두 시간의 심상과 크게 다르지 않는다.

"결국 선생님은 저를 여자로 보지 않는 건가요?"

"아니죠. 저희는 의사와 환자 관계로 저는 정미 씨에게 다른 생각을 하지 않습니다."

"그 다른 생각을 하지 않는다는 게 저는 중요해요. 선생님은 제가 이곳에 내원하는 수많은 환자들 중 하나이지만, 저에게 주치의는 선생님 하나뿐인데요?"라거나 "선생님이 성애적 표현을 제게 보내지 '않는' 건가요? 아니면 '못' 하는 건가요?"라는 식으로 캐물으면 의사는 교묘하게 비껴 나간다.

"저는 정미 씨를 성애적인 시선으로 바라보지 않습니다."

보통 이런 식으로 말씨름을 하면 40분이 훌쩍 지난다. 이것은 보통의 정신건강의학과 의사가 환자에게 소요하는 시간의 두 배, 아니 네 배는 되는 시간이고 나는 그가 시간을 엄청나게 할애하는 것에 대해 사실 조금의 자부심이 있다. 보통 나머지 5분은 우리가 먹는 약에 대해 토론을 벌이곤 하는데, 나는 사실 이때가 가장 마음에 들지 않는다. 이 의사는 내가 요구하는 것에 겉으로 "네, 네." 하며 듣는 척해도 나중에 약을 받아 보면 전혀 바뀌지 않았음이 종종 드러났기 때문이다. 그러면 나는 다시 진료실로 성큼성큼 들어가 말한다.

"분명히 항우울제의 용량을 높여 주신다고 했잖아요?"

"로라반은 빼 주신다고 했잖아요?"

그런 식으로 내가 병원에 다녀오는 날은 하루의 기력을 모두 소진한다. 일주일에 한 번씩, 규칙적으로 블로그에 의사와의 언쟁 이야기를 쓴다. 그리고 지난주에도 다르지 않은 내용을 적은 것을 확인한다. 지지난주, 그보다 전 주, 그보다 더 전 주도……. 오늘은 오랜만에 병원에 다녀왔다. 10일 동안 많은 일이 있었기 때문에, 원래의 예약일보다 사흘 더 뒤에 내원해야 했다. 오랜만에 나를 본 의사는 똑같은 문장을 읊었다.

"정미 씨, 잘 지내셨나요?"

나는 다시 같은 것이 시작됨을 느낀다. 반복되는 것을 느낀다. 그런데 달랐다. 지루했다. 재미가 없었다. 그리고 기분도 저조했다. 우울이 도졌다고 생각했다. 의사를 바라보았지만 그전처럼 섹시하게 느껴지지 않았다. 먼지 하나 없이 풀 먹인 흰 가운도, 풍성한 머리숱도, 자못 선량해 보이는 얼굴과 그렇지 않은 마른 턱선도, 소매 끝으로 도드라지는 손목뼈도 모두 그냥 그저 그렇게 보였다. 나는 최근 레지던시에 입주하였으며, 그곳의 생활은 적당하다. 하지만 밤에 잘 깨기 때문에 수면제를 추가해 달라 말했다. 의사는 수면제 말고 신경안정제를 추가하는 게 어떻겠냐고 조심스럽게 물었고 ─대게 나는 내 요구가 이뤄지지 않으면 속사포처럼 의사를 비난한다.─ 나는 아무거나 상관없다는 듯 굴었다.

오늘따라 내가 왜 이렇게 쿨하지? 하는 기분이 잠시 이어졌고, 의사는 내 변동 상황을 느릿하게 타자를 치며 ─이 의사는 컴퓨터 기기에 약하다.─ 평소보다 빠르게 나가려 하는 나, 그러니까 사뭇 달라진 모습의 나를 보고 물었다.

"정미 씨, 혹시 요새 기분이 들뜨거나 하지 않으세요?"

기분이 들뜨기는 개뿔. 나는 여전히 알코올 중독의 삶을 영위하고 있으며, 생산적인 일은 조금도 하지 않는다고 되돌려 주려다가 순화해서 말했다.

"아니요."

"감정의 기복이 있거나 하는 건요?"

나는 잠깐 레지던시를 생각했다. 정확히는 레지던시의 이이유 씨를 생각했다. 확실히 그 사람은 쾌활한 면모가 있어서 내 우울과 침울함을 자극하진 않는다. 다만 내가 그런 사람의 존재(밝고 건강해 보이는)에 얼마간 부러움이나 질투를 느끼는 지점은 있지만 이것이 내 기분을 역동하게 하지는 못하는 것을 알기에 대강 답했다.

"기복이 있지만 평소와 같은 수준이에요."

나는 처음으로 긴 시간을 보내지 않고 나왔다. 그리고 약을 (깊게) 상의하지 않아서 뭔가 바뀔 것이라는 짐작만 했는

리단

데 아니나 다를까 약봉지를 열어 보니 전보다 거대한 쎄로퀠이 있었고, 나는 빈정이 상했다가 곧 그것이 400밀리그램짜리라는 것을 확인하고는 '내가 지금 조증으로 가고 있나?' 같은 귀납적 사고로 이어졌다. 그런 생각에 잠겨 마을버스를 탔다. 한 정거장 전에 내려서 술을 사야겠다고 생각했다. 그리고 오늘은 의료 쇼핑(18,900원)과 맥주 네 캔(11,000원)을 썼다는 생각을 하며, 대신 안주로는 냉장고의 야채를 먹기로 했다. 아마 자정을 넘겨서도 술을 마시고 있다가 풀어져 버리면 배달을 시킬지 모르니 미리 배달 어플을 지웠다.

나는 이런 인간이다. 내 생활은 뻔하고, 남들이 보기에도 뻔히 보일 것이다. 정신건강의학과 주치의 눈에도, 편의점 아르바이트생 눈에도, 아마 버스 기사의 눈에도, 레지던시에서 내가 담배를 피우고 있을 때 지나가며 목례하는 '작가'들도 다 나를 뻔하게 여길 것이다. 나를 설명하는 건 자신이 아니라 물질에 가깝다. 내가 먹는 약의 나열. 내가 비운 맥주 캔들. 내가 피운 담배 꽁초들이 어쩌면 나를 더 잘 말해 줄지도 모른다. '나는 이렇게 텅 비어 있어요'라고.

돌아오는 길에 흡연 스폿에 앉아 있는 이유 씨를 보았다. 그는 꽤 비싼 브랜드의 흰색 바람막이와, 운동용 검정 반바지를 입었는데 이번에는 양말이 짧았다. 멀리서 보니 그는 눈을 감고 있었다. 순간 인사를 해야 하나, 그냥 지나갈까 하는 생각이 일었지만, 나도 어차피 담배를 피워야 하므로 — 버스에서 내려서 의례 담배를 피우긴 했다.— 그에게 인사했다.

"이유 씨 주무세요?"

이유 씨는 입꼬리를 올리며 눈을 떴다. 가느다란 안경 테너머로 갈색 눈동자가 반짝였다. 그는 한 모금 담배를 물고 연기를 흘리며 말했다.

"외출하고 오셨나 봐요?"

나는 이 사람에게 정신과에 다닌다는 말을 별로 하고 싶지는 않아서, 봉지에 든 맥주를 들어 올리며 맥주를 사러 갔다 오는 길이라고 말했는데, 생각해 보니 내 상태와 착장이 조금 화려했다. 나는 정신건강의학과에 갈 때 다소 치장을 하는 편이다. 나를 보고 의사가 실수해 주기를 바라기 때문에. 그래서 바로 앞에 나가 맥주만 사 오기에는 약간 과한 옷차림과 샌들이라는 생각을 했다. 하지만 이유 씨는 생글거리며 말했다.

"맥주 좋죠. 확실히 여름이랑 잘 어울리고."

"이유 씨도 술 마셔요?"

"당연히 마시죠. 여기 테이블에 앉아서 종종 마시곤 해요."

리단

나는 갑자기 이유 씨가 술 마시는 모습이 보고 싶어졌다. 여름과 매우 어울릴 것 같았다. 그리고 장기적으로 나의 기억에 도움이 될 것 같았다. 내가 그해 여름, 이런 일이 있었지, 같은 생각으로 이어지도록 말이다. 올해의 절반을 김 군과의 나사 빠진 시간으로 남기는 것이 싫었다. 나도 여름을 즐겁게 보내고 싶었다. 구질구질한 전 남친인지 현 남친일지 모를 놈의 SNS나 들여다보며 술을 마시는 게 아니라.

"혹시 이 뒤에 일정 있으세요? 없으면 같이 한 캔씩 마실 래요?"

이유 씨와의 조금 건조한, 규칙성 있는 지금의 사이가 마음에 들었다. 나는 몇 번 커피도 얻어먹었으니 마음껏 고르라고 봉지를 펼쳤다.

"하하, 고마워요. 사양하진 않을게요."

나는 이유 씨의 손이 눈 달린 것처럼 봉지를 훑고는 잠시 멈추었다가 아사히를 고르는 걸 보았다. 그러고 빠르게 생각했다.

'여기에 좋아하는 맥주는 없나 보군.'

나는 삿포로를 깠고, 우리는 맥주 캔을 부딪치며 뭐라 건배사 따위를 말하려다가 둘 다 말이 헛 나와서 조금 웃었다. 이유 씨는 아마 '생산적인 창작을 위해' 같은 말을 하려고 한 듯했고, 나는 '첫 맥주를 기념하며' 같은 말을 하려 했는데 타이밍이 꼬인 데다 아차 싶었던 둘 다 서로의 말을 따라 하려 해서 결국 이상한 말이 되었다.

"창작적인 생산을 기념하며!"

그러고서 우리는 둘 다 파하하 웃었다. 이유 씨는 손을 내저으며, 자기는 아직 여기서 마땅할 만한 작품을 쓰지 못하고 있고 벌써 열흘이 되고 있는데, 그저 뛰고 달리기만 해서 체력만 좋아지고 있다고 말했고, 덩달아 기분이 좋아진 나도 역시 마찬가지로 아무것도 쓰지 못하고 있으며 일기만 반복하고 있고, 어쩌면 여기에서 퇴실할 때까지 한 자도 쓰지 못할 수도 있다고 말했다. 이유 씨는 벌컥벌컥 맥주를 들이켠 뒤 나의 이야기를 유심히 듣더니 말했다.

"그래도 무언가 쓰고 계시잖아요, 정미 씨는. 대단하세요. 어떤 식으로 글을 쓰실지, 궁금해요."

그 말을 들은 순간, 즉시 당장 방으로 달려가 나의 노트북을 들고 와 보여 주고 싶은 마음이 폭발했다. 나는 내 글에 자신이 없었으나 애착은 엄청났다. 자부심이 있었다. 보여 주고 싶은 욕망은 언제나 존재했다. 나는 사람들이 입력이 과하다고 말할 때까지 지치지 않고 내가 쓴 글, 소설, 픽션, 편지 등등을 낭독할 수 있었다. 그러나 지금은 조금은, 그런 마

음이 들었다. 자라나는 죽순이나 녹음이 지는 나뭇잎의 색이
조금씩 진해지는, 그리고 자주 내리는 소나기 같은 속도감.
하지만 적정한 거리의 관심. 잠시 호흡을 가다듬는 방식.

　사실 이 레지던시는 내게 더할 나위 없이 적절한 공간이
기도 하다. 등단한 작가들의 방 사이에 있는 내 초라한 방. 자
신감 결여에 대해 위에 썼지만 실지로 나는 나의 글에 있어
서 언제나 자부하는 면이 있었다. 적어도 못 쓴다는 생각은
하지 않았고 —그런 생각을 하지 않기 때문에 내가 글을 쓸
수 있다.— 나보다 못 쓰는 사람들이 출간하는 것도 숱하게
보아 왔다. 그리고 나는 내가 기록을 한다는 측면에서 성실
성을 높이 산다. 내가 매일 음주를 성실하게 하는 것처럼. 그
리고 나는 이 두 개의 결합을 좋아한다. 술을 마시며, 글을 쓰
는 것. 그리고 생각한다. 내게는 이것이 가장 큰 장점이라는
것도 안다. 사람들은 보통 둘 중의 하나만 하거나, 둘 다를 동
시에 하지 못하기에 그렇다. 나는 글을 쓸 때 —그것이 일기
이든 잡문이든— 가장 생동감을 느낀다.

　내가 생각에 잠긴 것이 머뭇거리는 것처럼 보였는지 이유
씨도 더 조르지는 않았다. 나는 재를 떨며 개미만 한 목소리
로 말했다.

　"자해에 대한 연작이 있어요. 아, 그 직접적인 자해라기보

다 간접적인 형태에 가까울 테지만요."

이유 씨는 다시 내게 물었다.

"우리 서로 글 교환해 볼래요? 저도 다른 분들이 어떻게 쓰시는지 관심이 있어요. 이제까지 혼자 써 오기만 한 것도 있고."

나는 즉각적으로 소리 내 대답하진 못했지만 고개를 끄덕이며 소극적이고 간접적인 의사를 내비쳤다. 사실 나도 같은 걸 바랐지만 적극적으로 보이고 싶지는 않았다…….

"프린터 용지 있어요? 이참에 인쇄해서 볼래요?"

그게 더 낫겠다 싶었다. 공동 주방이나 세미나실에 가서 노트북을 서로 교환하고 들여다보는 것 보다는. 노트북이나 패드 같은 것을 들여다보는 건 좀 프라이빗 한 느낌이었다.

"용지는 없는데, 사 올까요?"

"괜찮아요. 저 종이 많아요. 이메일로 보내 주시면 제가 정미 씨 글도 인쇄해 올게요."

나는 순순히 그의 핸드폰 메모장에 쓰여 있는 이메일을 기입했다. 이유 씨는 남은 맥주를 비우더니 B동으로 들어가 두꺼운 A4 뭉치를 들고서는 A동으로 올라갔다. 나는 일부러 따라가지 않고 자리에 앉아 있었다. 내가 이유 씨에게 전달한 글은 그나마 개중 잘 썼다고 생각하는 글이었다. 제목

리단

은…… 나는 제목을 끝내주게 잘 짓는 경향이 있는데 ─이것은 제목 자체의 개성의 문제가 아니라 내용과의 어우러짐 등을 종합적으로 고려했을 때를 말한다─ 이 제목은 비교적 단순했다.

'자해의 피해자'

이유 씨가 평균적인 수준의 문화적 소양을 지니고 있다면, 바로 알아챘을 것이다. 이 글이 자해의, 그리고 자살로 이어지는 심상을 서술한 글이어도 결국에는 내가 타인에게 욕망되고, 욕구가 되길 바라며 그 사이에 생겨나는 각종 기행이나 폭력성 따위는 무시하고 매미나 여름 벌레처럼 이 나무 저 풀로 옮겨 다닌다는 사실을. 하지만 아직은 그에게 밝히고 싶지 않았다. 나는 잠시 고민하다 제목을 바꿔서 보냈다.

'Love Bug'

나는 이유 씨가 내 자해-자살로 이어지는 일련의 멜로디에서 동정이나 위로 건네기 같은 걸 하지 않길 바랐다. 왜냐면 나는 거의 모든 선택에 있어 내가 옳았다고 여기기 때문이다.

내가 피해자의 위치를 점하고자 하거나, 피해자의 위치에 기꺼이 올라 앉는 ─아니다. 누가 피해자가 되고 싶어하는

가.— 이유는, 무결한 피해자가 되어야 '성립'하는 사건들이 인생의 대다수이기 때문이다. 내가 행해 온 일들이 역으로 가해이며, 가스라이팅이며, 폭력과 사디스틱 한 행동이라면, 나는 그렇다면 그들의 행태가 옳았는가? 하는 불만에 떠밀리다 질식할 것이다.

나는 한참 이유 씨를 기다렸다. 시간이 꽤 지나서 이 사람이 취했나? 싶었을 때에 이유 씨는 아주 두꺼운 종이 뭉치를 들고 옆에는 열 장 남짓의 종이를 끼고 돌아왔다. 열 장의 글이 내 것이기에 자동적으로 저 두꺼운 뭉치가 이이유 씨가 쓴 것이라는 걸 알 수 있었고, 그 종이 두께의 차이가 나를 조금, 많이 위축되게 했다. '뭐야? 엄청 많이 썼잖아?' 이유 씨는 자기 종이를 넘겨주며 말했다.

"스테이플러가 안 들어가서, 고생했어요. 늦었죠? 죄송해요."

나는 일단 페이지 수의 차이가 마치 우리의 키 차이나, 패션 센스의 차이나 나아가 계급의 차이처럼 상당히 수치스러운 기분이 들었다. 근 100페이지에 육박해 보이는 그의 글과 얄팍한 나의 글이라는 불공평함이 갑자기 끼어들어서, 나는 내 앞에 있는 맥주를 빠르게 비우고 다음 맥주를 깠다.

"읽어 볼게요. 제 글은 짧아서 금방 읽으실 것 같아요."

나는 고개를 숙이고 활자에 집중하려 했는데 그 순간 이
유 씨의 음성이 나를 훑고 지나갔다.

"천천히 읽어요. 저는 여러 번 읽는 걸 좋아해요."

그 순간 내가 느꼈던 불공평함은 기포처럼 날아갔고, 나
는 비로소 자유로워져 글에만 집중하고 있었다. 그 글은 다
소 의외인 글이었다. 이유 씨와 안 어울린다는 게 아니라 도
입이나 구성부터가 기존 소설들과 약간 달랐는데 아직은 그
게 어떤 형태로 다른지까지는 알 수가 없었다. 배경이 카지
노였고, 성별이 모호한 두 인물이 나와 상호작용을 하는 이
야기였다.

한 장을 넘기면서부터 나는 이유 씨가 글도 잘 쓴다는 점
을 높이 사야 했다. 이 글은 내 세계(자해적 행동, 만성적 자살
사고, 충동성, 물질 중독)와 다른 세계의 서술이었다. 읽을 수
록 알 수 있었다. 그곳은 정말로 —아마도 취재를 통해— 지
어진 카지노였고, 단정한 의복의 딜러들이 제 손에 주사위나
칩, 속임수가 없음을 절도 있게 보여 주는 화려한 곳이었다.
반면 나의 세계는 단칸방에서 수면제와 소주를 먹으며 빔 벤
더스의 영화를 틀어 놓고 기억을 잃고 잠들 때까지 손목을
칼질하는 세상이었다.

'아, 부럽다.'

이유 씨는 내 글을 다섯 번은 읽는 것 같았다. 그는 가까이 있는 활자는 잘 읽지 못하는지 안경을 조금 내리고 그 너머로 종이를 넘기며 보았다. 나는 그때, 이 싱그러운, 이곳만 도심에서 홀로 여름을 맞은 듯한 공간 안에서, 노란 꽃, 자라나는 풀, 갓 제초해서 살아 있는 식물을 거침없이 꺾고 쳐낸 후 맡을 수 있는 식물이라는 생물의 냄새에 취해서 조금 도박 같은 결정을 했다.

여기는 레지던시고, 피비린내와 술 냄새로 가득한 방에서 널브러져 깨어나는 나에 대해서 서술할 것이 아니라, 저 사람에 대해 쓰고 싶다고.

*

Day-15

비장한 결심은 그날 먹은 술로 소화가 되었는지, 글의 구상은 수십 번 했지만, 부분도 완성하지 못했다. 특히 첫 문장 말이다. 처음에는 이유 씨의 생김새에 대해 묘사하는 것으로 시작했으나 다시 읽으니 그 설명은 조금 —아니 아주 많이— 성적 대상화된, 그리고 미스터리하며 이중적인 전형적인 중2 캐릭터가 되어 버리는 바람에 몇 번이고 지웠다. 사람을 기술하는 방법으로는 이유 씨의 특징을 포착하기 어려웠다. 이유 씨는 그가 즐겨 입는 바람막이처럼 백색에 가까웠고, 백색을 형용하기란 쉽지 않다. 나는 흰색을 표현하기 가장 적절한 방식은 테두리가 검정일 때라고 착안해 방향을 바꾸어 글을 시작했다. 15일째가 지나던 날이었다.

〈03호에서는 언제나 알 수 없는 소리가 난다〉

나는 그보다 그를 배경으로 하는 것을 먼저 알아챘다. 그가 서 있는 배경에서, 전경을 지우고 남은 것을 그러모으면 비로소 그가 된다. 우리는 B동 맞은편에 위치한 담배 스폿에서 자주 만난다. 약속 없이. 무규칙하게. 하지만 그보다 빠르게 내가 그의 담배를 피우는 시간을 알아채 버렸다. 나는 03호의 문 열리는 소리가 나면, 잠깐 30초 정도를 세고 밖으로 나간다. 우연을 위장하고 싶다. '우리가 이렇게 자주 우연히 만나네요'라는 말을 듣고 싶다. 그는 세 개의 의자 중 항상 목련 나무에 면한 의자에 앉는다. 의자를 털지도 않고. 목련 나무의 열매가 떨어져 바닥과 의자에 수북이 쌓인다. 이곳에서는 정말로 물리적으로 계절이 흐르고 있고, 그는 그 계절과 아주 잘 어울린다. 내가 나가면 보통 그는 의자를 움직여 편평한 곳에 앉는데, 그러면 우리는 목례하고 각자 담뱃불을 붙인다. 그는 솜씨 좋게 불을 붙인다. 최소한만의 동작으로. 그리고 가장 싸구려인 라이터를 쓰는데 색깔은 매일 다르다. 나는 그런 면모에서, 바람막이와 운동화 차림의, 귀를 넘긴 머리가 아무렇게나 흐트러지길 내버려 둘 수 있는 성정을 엿본다. 그는 내 담배 케이스를 보며 늘 한마디씩 한다. 사실 그 말은 '변주'에 가깝다. 모두 같은 이야기 '정미 씨는 저와 참 다르시네요.'니까.

우리는 다양한 주제로 이야기를 나누지만 10여 분을 지나지 않는다. 그 다음에 그는 잘 정비된 자동차처럼 달리기를 하러 가고, 나는 술을 먹으러 다시 방에 돌아온다. 그리고 소음에 시달린다. 내 방의 침상 옆에서 들리는 소리. 벽을 작게 긁으며 나는 사람의 소리. 분명 비어 있는 방이지만 소리는 나를 자극하고, 불안하게 하며, 불길한 기분에 들게 한다. 그러니까 샤머니즘 같은 마인드에 사로잡히게 한다는 뜻이다. 나는 며칠 전에는 소금을 종이에 싸서 방에 두었고, 인터넷에서 떠도는 퇴마부도 컬러 인쇄해 붙여 놓았다. 그의 러닝 시간은 동일하지 않다. 어느 때에는 한 시간이고 달리며, 어느 때에는 10분 만에 돌아오기도 한다. 그가 방에 돌아와 문 닫는 소리가 나면 소음은 더욱 심해진다. 처음에는 물줄기 소리로 시작한다. 샤워를 하는 소리. 그러나 그 다음에는

　　리단

사람들이 소리 죽여 말하는 것 같은 분명치 못한 음이 들리고 이윽고 거친 숨소리가 들리는데 그것은 꼭 신음소리와 닮았다. 단지 내가 콕 집어서 그의 문 앞에 '외부인을 들이지 마시오' 같은 것을 써 붙이지 않는 이유는, 정말로 방이 비어 있기 때문이다. 나는 일전에 이미 03호에 들어가 본 전적이 있다. —문고리가 돌아갔을 때, 이것은 이미 용인될 일이라고 짐작했다.— 그는 문을 잠그고 다니는 성정이 —역시— 아니었다. 방은 조금 어지럽고 정리가 되어 있지 않았다. 테이블에는 노트북이 있었다. 충전기들이 곳곳에 있었다. 그러니까 그곳은 사람 사는 방. 사람 혼자 사는 방인데 유독 그 방에서 대화 소리가 난다. 가끔 내가 침상에 앉아 있을 때면, 소리가 섞이거나 울려 나는 마치 모텔방에 있는 기분도 든다. 아니면 내 옆에서 누군가들이 내밀한 관계를 맺는 것을 구경하는 기분. 그리고 그가 그런 짓을 할 때 어떤 얼굴일지 상상하는 건 그다지 나쁘지 않다. 그래서 내가 초반과 달리 소음에 관대해졌음을 느낀다.

Day-7

나는 아침에 빌어먹게 일찍 깨어난다. 수면 장애의 축복이기 때문에. 그러나 최근에는 내 기상 시간이 이유 씨가 문을 여닫는 소리, 그가 현관을 나서면 다시 잠기는 도어록 소리에 따라 정해진다는 것을 깨달았다. 이유 씨가 밖에 나가는 시간은 좀 종잡을 수 없는데, 기상-러닝으로 자동적으로 이어지는 이유 씨의 습관은 나도 이해할 수 없지만, 그런 식으로 일어나면 다시 잠들지 못하고 마치 내가 전의 집에서 김 군을 기다렸던 것처럼, 이유 씨가 돌아오길 기다리는 듯이 굴었다. 어쩌면 나는 글러 먹은 인간이라 누군가를 부여잡고 끌려다니지 않으면 생의 감각을 잘 느끼지 못하는 것 같다.

이유 씨가 돌아오는 소리는 내 심상을 평온하게 한다. 나는 이 기분을 납득할 수 없었다. 그와 나는 생판 남인데, 상관없는 사이인데도 그가 다시 방으로 돌아오는 순간에 안도하는 나를 보며 내가 저 사람을 어떻게 대하고 싶어하는지 ― 원치 않게― 알게 될 뿐이다. 하지만 좋은 핑곗거리가 있다. 이유 씨가 돌아와 대강 샤워를 마칠 무렵에 문을 똑똑 두드리고, 그와 커피 타임을 요청하는 것은 내 습관이 되었다. 그러면 이유 씨는 젖은 머리칼과 얇고 헐렁한 면 재질의 티셔츠, 그리고 반바지 차림으로, 맨발로 나와 머리를 넘기며 내게 말한다.

"오늘은 좀 멀리까지 뛰다 왔어요."

리단

나는 아무 것도 모르는 사람처럼 감탄하고, 이유 씨를 하루키라고 놀린다. 이 정도가 적정한 사이. 이유 씨는 같은 얼음컵에 얼음을 담고, 포트에 커피를 올려놓고 하품을 한다. 나는 이유 씨가 마냥 자유롭고, 얽매이지 않는 이 같다고 생각했지만, 늘 잔에 담기는 얼음의 개수가 같은 것, 언제나 같은 유리컵을 쓰는 것, 그리고 같은 원두를 사용하는 것을 보면서 모종의 패턴을 발견하고 그것을 저장했다. 이유 씨는 퍽 단순한 사람이다. 아마 자신이 정형적인 행동을 하는 것을 눈치채지도 못했을지도.

"저는 글감이 생각났어요. 조금씩 쓰고 있고요."

나는 수줍은 듯이 말한다. 이유 씨는 탄성을 지르며 자신에게 보여 달라고 한다. 패턴. 패턴. 나는 꼭 같은 길로만 산책하길 좋아하는 강아지가 생각났다. 물론 이유 씨의 많은 면모들은 개보다 다른 것에 어울리지만.

"비밀이에요. 완성되면 보여 줄게요."

이유 씨는 —아쉽게도— 더 조르거나, 매달리진 않았다. 나는 약간 서운했지만, 커피 값이라 치고 넘어갔다. 나는 물었다.

"이유 씨는 진도 많이 나갔어요?"

그렇게 물으니 이유 씨는 장난스러운 얼굴을 하고 말했다.

"많이 썼어요. 아마 곧 끝날 것 같아요. 초고이지만."

나는 경쟁심이 일었다가, 이 기분도 또한 이유 씨와 비교하기 때문에 맛보는 거라 생각하니 그다지 기분 나쁘진 않았다. 나도 호언장담을 하려다가, 그러면 이유 씨의 기대가 커질 것 같아서 입을 다물었다. 잠시간 정적이 흘렀고 이유 씨가 말을 꺼냈다.

"지난번에 말한 소음 말이죠……."

나는 뭔가 강력한 자석에 홀린 듯이 붙는 쇳조각처럼 이유 씨에게 집중했다.

"꼭 사람 소리 같지 않아요?"

나는 에, 하며 되물었다.

"이유 씨도 들었어요?"

그는 말없이 고개만 끄덕였다. 나는 좀 더 그 소음에 대해 설명하려다가 이유 씨의 모습을 보고 순간 멈칫했다. 그의 또렷한 눈빛이 흔들리고 있었고, 그가 풍기는 분위기에서는 미미하지만 일종의 불안, 초조 그리고 절망감 같은 것이 느껴졌다.

이유 씨가 내비친 속내는 곧 증발되었다. 1분 전의 명랑한 사람으로 돌아간 그는 조금은 경박하게 내게 말했다.

"예술 하는 사람들이 사는 데엔 귀신이 많다던데, 정말인가 봐요."

나는 이유 씨가 그 소음과 관련이 있다고 확신해 왔고, 지금의 태도에서 더욱 확신을 얻었다. 소리를 내고 벽을 두드리는 건 살아 있는 사람이 하는 행동이다. 나는 문득 이유 씨의 '불규칙한 수면과 러닝 패턴'을 떠올렸고 주저하지 않고 물었다.

"이유 씨도 불면증이 있나요?"

그는 나를 바라보더니, 작게 "네."라고 말했다. 수면제를 복용하냐고 물었더니 약간 뜸을 들이고는 "조금 먹죠."라고 답했다. 나는 "무엇을 드세요? 벤조디아제핀? 졸피뎀? 졸민? 조피스타?"─아니면 극악한 처방으로 미르타자핀 같은 걸 먹을 수도 있겠다는 생각이 들었다.─ 하고 빠르게 내뱉으려다가 아직 우리는 그 정도의 친분은 아닌 것 같아 "약을 드시는구나." 정도로 저어하는 선에서 멈췄고 그렇게 충동적으로 굴지 않아 다행이라 여겼다.

그는 불면증이 있다. 수면 장애의 수준인 것 같다. 그가 일어나는 시간은 불규칙한데, 무규칙한 수면 습관으로 말미암은 것은 아닌 듯하다. 그는 자주 땀범벅이 되어 흡연 스폿에 나타난다. 그럴 때면 나는 자연스럽게 의자를 밀어 주고, 그는 고맙다고 말하며 앉는다. 그는 다른 의자 하나에는 다리를 올려놓는 습관이 있는데, 그 때문에 그의 운동화가 눈에 확 들어왔다. 무슨 유명 브랜드여서는 아니고, 어지간히 험하게 다뤘는지 앞창과 뒤창이 뜯겨 나가고 있었으며 끈을 매는 부분도 닳고 있었다. ─어떻게 신발을 신으면 그런 부분이 닳을까?─

이유 씨는 생수 한 통을 다 비우면서 담배를 피웠다. 식지 않은 땀방울이 턱에 괴였다가 툭 떨어졌고, 그건 내가 이유 씨를 아주 자세히 보고 있었기 때문에 목격했던 것이기에 나는 소중히 간직하기로 했다. 그때 이유 씨가 다른 이야기를 꺼냈다.

"정미 씨는 레지던시 입주 기간이 한 달인가요?"

"네, 맞아요. 이유 씨도 그래요?"

이유 씨는 고개를 끄덕거리더리 이내 담배를 태우는 데에 집중했다. 레지던시 사용 기한이 대략 일주일 남았을 때였다. 나는 레지던시를 주제로 글감을 바꾸었다. 왜냐하면 이유 씨 같은 사람을 내 본래 세상(자해, 자위, 자해성 섹스, 자살 고위험)에 가져다 놓으니 조금도 어울리지 않았다. 그는 이 레지던시를 배경으로 서 있는 모습이 가장 잘 맞았다. 마치 백색 퍼즐처럼 말이다.

Dday-5

우리는 암묵적으로 지금 쓰고 있는 글의 자초지종에 대해
서는 말하지 않고 있었다. 담배를 피울 때 조금 묵묵해지긴
했다. 여기에 입주 조건 중에 반드시 출간용 작품을 만들라
는 내용은 없었지만, 무언가 완성해야 한다는 압박이 있었
다. 이유 씨는 담배를 피우는 빈도가 무척 늘었고, 그건 나도
마찬가지였다. 그래서 더욱 자주 마주쳤고, 나는 그 부분이
조금 수치스러워서 해명하고 싶었지만 해명 또한 수치스럽
기 매한가지이기 때문에 그대로 두었다. 먼저 말을 튼 건 이
유 씨였다.

"거의 완성했어요. 오늘까지 쓰고. 내일이랑 모레는 탈고
하면 될 것 같아요."

나는 그 말이 조금 청천벽력처럼 들렸다. 마치 나를 유기
하는 느낌으로까지 확장되었다. 결국엔 또 버려지나요…….
―물론 나를 가진 바 없는 이유 씨에게는 이것이 다소 이상
한 도식인 것을 안다. 하지만 나는 이유 씨가 '다 썼다'고 말
한 것에 그가 멀리 갔다는 생각과 멀어졌다는 유기 불안이
동시에 작동하면서 매우 초조해졌다.― 이성을 찾자, 이성을

찾아. 그러나 빠르게 솟는 질투심과 일종의 열등감의 폭발은 나를 쉬 진정케 하지 못했다. 이유 씨는 의아한 눈으로 나를 바라보았고, 나는 저 순진한 눈알을 뜯어내고 싶다는 생각까지 도달하였다가 비로소 멈췄다.

"다 쓰시면 나가시나요?"

나는 최대한 감정을 삭이며 말했다.

"아무래도, 그렇죠? 여기, 좋았는데."

이유 씨의 무덤덤한 대답에 나는 매우 불공평한 느낌이 들었다. 나는 이곳에서 좀 더 '제정신'을 유지하기 위해 술을 마셨고, 아낌없이 담배도 피웠다. 여기 B02호는 내 집이었다. 그리고 나는 무의식적으로 이 B동을 나와 이유 씨만 거주하는 공간처럼 여겼다는 점을 깨달았다. 내가 그렇게 몰입하게 된 원인은 복잡하지 않았다. 나는 약간의 혼란을 느끼며 이유 씨에게 말했다.

"나가면 어디 사세요?"

"저 원래 이쪽 근처에 살아요."

나는 곰곰이 삼키려다 말을 던지는 게 낫다고 판단했다.

"혹시…… 완성되면 보여 주실 수 있나요? 소설."

그러자 이유 씨도 눈을 빛내며 말했다.

"그럼요. 정미 씨도 글 쓴 것 보여 주신다면."

이유 씨는 그 말을 끝으로 다 피운 담배를 비벼 끄며 순식간에 현관으로 들어가려 했다. 그러나 도중에 잠시 멈춰 서서 내게 물었다.

"요즘도 소음에 신경 쓰여요?"

나는 그의 말에서는 별다른 느낌을 받지는 못했지만, 현관 앞에 서서 고개만 옆으로 돌려 나를 응시하는 이유 씨의 시선이 조금 달리 느껴졌다. 그의 안경은 안쪽에서 반사되는 빛에 번득이듯 빛나서 표정이 잘 드러나지 않았는데, 언제나 생글생글했던 모습과 굉장히 다른 느낌이었다. 이 관계에서 주로 '비인간성'을 담당하는 것은 나였는데, 갑자기 웃자란 가지가 나를 밀치는 기분이었다.

"요새도 들리긴 해요. 빈도는 줄었지만. 이유 씨 방은 조용한가요?"

그 말에 왜인지 모르겠지만 이유 씨가 옆으로 조금 몸을 돌려 나를 보더니 말했다.

"사실 나도 소음에 시달려요."

그렇게 말하고는 기계적으로 도어록을 열고 들어갔다. 문이 살포시 닫히는 소리가 났다. 나는 어리벙벙해져서 방금 내가 무슨 소리를 들었는지 잠시 까먹었을 정도였다. 이유 씨도 듣고 있다고? 그 '소리'를 내는 것이 저 사람이 아니라고? 나는 아까 이유 씨가 문 손잡이를 잡고 있을 때 나를 잠시 응시했던 시선을 떠올렸다. 그 눈빛은 사람의 것이라기에는 지나치게 형형했고, 그렇다고 동물들처럼 본능적으로 곤두선 모양도 아니었다. 그는 문에 무수한 담쟁이덩굴이 자란 듯 가만히 눈을 내리깔고 보다가 나를 쳐다보았다. 그렇다. 모든 잎사귀가 돌연 내게 앞면만을 들이밀듯이. 그의 주변에 환삼덩굴이 환각처럼 펼쳐져 있었다. 그는 바로 서서 내게 뻐끔거리듯 말했다. 그의 신체 기능들은 대부분 식물과 여름 공기와 융합해 사라진 듯했다. 희미한 목소리는 내게 아기 넝쿨 줄기가 아무거나 부여잡으려 하듯이 팔랑이는 것처럼 자못 애처롭게 들렸다.

"나는 당신이 내는 소리에 시달리고 있어요."

꿈이었다.

하지만 어디서부터가 꿈이고, 어디서부터가 현실인지는 도무지 짐작할 수 없었다. 술을 너무 많이 마신 걸까? 아니면 담배를 미친듯이 피워서 시너지 효과가 난 것일까. 그 상태에서 아마 불면에 시달리다 수면제를 몇 개 더 털어 먹고 잠이 들었던 것 같다. 아니면 수면제의 부작용으로 정말 흡연 스폿에 나가서 담배를 피우다 이유 씨를 만났는지도 모른다. 그러나 모든 신호가 불길하게 느껴졌다. 다시 잠을 청하려 해도 쉽사리 잠들 수 없었다. 이유 씨의 마지막 말이 음산하게 들리면서 동시에 음란하게 들렸다. ―이건 내 망상만은 아니다. 나는 자면서 코를 자주 골고, 지인의 말에 따르면 잠꼬대를 하거나, 헉 하고 놀라 깬 적이 몇 번 있었다고 한다.―

그러나 그의 마지막 말은 부드럽게 나에게 침입했다. 아니다. 내가 그 말의 맛을 보고 나를 열어 준 것과 다름없었다. 내게는 다소 고백처럼 ―이것은 왜곡된 시선임을 안다.― 들린 그 말은, 이제까지 우리가 둘 다 서로가 의식 혹은 무의식 중에 흘린 신음들로 인해 상대를 상상해 온 것처럼 퍼즐이 맞춰졌다. 그것은 각기 다른 방에서 나는 소리이지만 마치 사이에 벽이 없는 것처럼 들렸다. 자못 음란한 말, "나는 당신이 내는 소리에 시달리고 있어요."라는 문장이 귓가를 배회했다. 아니 마음까지 곧장 달려와 깃발을 꽂은 듯했다. 나는 물리적으로 심장 언저리에 통증을 느꼈고, 이 느낌을 잘 알았다. 이건 내 전문이니까.

그가 나를 의식하고 있다.

전날의 음주와 약물 오남용은 아침에 더러운 기분을 선사

할 법했지만, 꿈인지 진짜인지 확인할 겨를 없었던 그 일은 내게 모종의 활력이 되었다. 나는 모처럼 레지던시 방을 치우고, 청소기도 밀었다. 그동안 담배를 피우지 않았으며, 청소와 정리를 마친 후 커피를 타서 들곤 담배를 피우러 갔다. 어느덧 사나흘 남은 입주 기간이었지만, 이곳에서 확실히 재미난 일을 겪었다는 점을 스스로 칭찬해 주었다. 나는 오랜만에 느긋한 심정이 되었다. 이유 씨가, 꿈의 이유 씨든 실제의 이유 씨든 그가 보인 굳어진 모습에서 편안함을 느낀다. 겉가죽을 내려놓고 솔직하게 걸어오는 사람. 그러나 사전에 내 호감 조건에 충족하고 있어야 하는 이들. 그들이 내뱉는 언사와 행동을 나는 더 누리고 싶었다. 존재적으로. 왜냐하면 나는 그러할 때에 가장 살아 있음을 실감한다.

그가 나를 신경 쓰는 이유는 내가 그저 그의 커피 메이트나, 담배 메이트나, 낮술을 함께한 사이여서가 아닌 듯하다. 그는 적정 거리 이상으로 넘어오면 홱 자리를 돌려 도망칠 태세가 되어 있는 동물들처럼 군다. 본인은 그렇게 생각하지 않을진 몰라도. 그런 점은 약점과 결점을 뻔히 드러내는데 그는 그런 면면을 드러내는 것이 아무 상관없다는 듯 뻔뻔한 얼굴을 하고 커피를 마신다. 그가 말한 '소음'이 정말이라면,

그도 이 레지던시에 머물면서 어지간히 신경이 쓰였을 텐데, 그것을 말하거나 사무실에 알리지 않은 것도 참 신기하다. 그가 소음에 대해 소극적으로 반응했을 때와 다르게 지금의 적극적 어필은 약간 당혹스럽기도 하다. ─나갈 때가 되어서 말하는 이유가 따로 있을까?─ 그리고 그에게는 어떤 소리가 들렸는지 궁금하다. 그도 나처럼 작게 긁는 소리가 들렸을까? 무언가와 무언가가 서로 닿고 마찰하는 소리가 들렸을까? 불분명한 발음들이 상상의 나래를 이끌어 나에 대한 관심으로 이어졌을까?

역설적으로 이유 씨가 나를 염두에 ─더 적합한 단어가 있을 테지만 빠르게 적기 위해 넘어간다.─ 두고 있다는 생각이 든 이후로는 글이 매우 빠르게 써졌다. 나는 불면증으로 인해 수면 습관이 불규칙한 이유 씨가 되었고, 거기에 살짝 양념을 가미해 간간이 이상한 소리가 들려 잠에서 깬 이유 씨가 자리에 가만히 있다가 밖에 나가서 머리를 식히고 오는 장면으로 치환되었다. 그는 어느 곳에 있어도 소리를 의식한다. 소리를 인식한다. 소리에 주의를 빼앗기고, 그것은 자기 통제에 위해가 되어 이유 씨는 더욱 떨 것이다. 그리고 소리의 원인을 찾기 위해 그 또한 내 방에 소리 소문 없이 들어왔을지도 모른다. 우리는 서로 반대편 계단을 올라 2층 성가대에서 만난 소년들 같은 느낌으로, 조금은 비밀스럽게, 조금은 우연을 위장해, 탐색해 온 것이 아닐까?

〈나는 당신이 내는 소리에 시달리고 있어요〉

이 글은 다분히 구애적인 글이 될 것이다. 하지만 그것을 눈치챘을 무렵, 나는 없을 것이다. 이유 씨는 나에 대해 찾을 수 있는 정보가 없다. 우리는 거짓말 같은 여름의 일부를 함께 보낸 이들일 뿐. 비밀스럽게 주고받은 말들, 대화들, 그리고 결정적인 소리들……. 나는 그것이 귀신의 소리인지, 45도로 퍼진다는 층간 소음인지 개의치 않았다. 우리는 서로 신경 쓰고 있었죠. 나는 글을 인쇄해 B03호 문 아래로 밀어 넣었다. 짐을 모두 싸고, 택배를 부치고, 마지막 담배를 피우고 나서 돌아보지 않고 나왔다. 이유 씨의 글은 받지 않았다. 그의 글을 받으면 내가 정의한 시간과, 느낌과, 감각이 그의 어휘와 문장을 빌려 덧씌워질 것 같았다. 그리고 그의 창작 세계의 일부가 되고 싶지 않았다. 나는 독립적이고 동등한 인간이기를 바라며 이곳에 왔고 그 독립성과 자유를 얻었다. 나는 인위적 행복, 인공적인 해피니스를 느꼈다. 내가

리단

잠시 살았던 피부의 사람. 우리는 손 한 번 잡지 않았으나 나는, 나는……. 문장이 되지 못한 어휘들이 오래도록 꿈처럼 떠다녔다.

그해의 레지던시에서는 총 두 명의 등단 작가가 나왔다고 나중에 소문으로 들었다. 그중 하나는 처음 보는 이름이었는데, 수상 소감을 우연히 찾아 읽을 수 있었다. 그는 말했다.

"계절이 우리를 빗겨 가고, 때로는 우리에게만 소나기가 내리기도 했습니다. 사람과 같은 생각을 하고, 같은 감각을 느끼며, 같은 고민을 할 수 있다는 것에 감명을 받아 그해의 계절이 끝나지 않기를 바랐습니다."

나는 직감적으로 알아챘다. 문체를 보고 알아차린 것보다, 그가 말하는 정경이 누구를 가리키는 것인지 다분히 명확했으니까.

"그해에 저는 선물처럼 한 편의 소설을 받았고, 응당 그것에 화답하는 글을 써야 한다고 생각했습니다. 이 소설은 그 시절에 대한 헌사로, 계절의 틈새에서 방황하는 모든 이들에게 바칩니다."

나는 몇 번이고 그 짧은 문구를 반복해 읽었다. 그리고 등
단을 하게 한 결정적인 소설의 페이지를 찾아 펼쳤다. 그곳
에는 비교적 간결한 제목('레지던시')이 있었고, 다음과 같이
시작했다.

"나는 당신이 내는 소리에 시달리고 있어요."

이 원고는 연희문학창작촌에서 쓰였습니다. 경계선 인격 장애를 파탄적으로 묘사한 수많은 작품들이 있지만, 실제로 경계선 인격장애인의 문화라고 하는 것은 파괴나 단절적인 양상보다 먼저 그 기저에 싹트는 작은 '의심'에서부터 시작한다고 여깁니다. '이 사람이 정말 사람일까?' '이 사람이 나를 보고 있는 걸까?' '내가 한 말이 받아들여지고 있나?'와 같은 상대에 대한 의심과 의문들이 우리를 구성하고, 그것의 충돌이 이른바 파멸적 형태로 표출되는 것에서 착안해 원고를 완성할 수 있었습니다.

이 원고의 인물들, 공간들은 픽션입니다. 그럼에도 무시할 수 없는 현실성이 존재한다면, 그것은 경계선 인격장애를 가진 인물이 내부에 지니고 있는 역동에서 비롯된다고 생각하며, 즐겁게 읽어 주시길 바랍니다.

안뜰에 봄

정지음

학원 가는 길에 집 없는 사람을 보았다. 노숙자였다. 정원은 언젠가 큰아빠 촬영장에 심부름을 갔다가 걸인 분장을 한 연기자를 본 적이 있었다. 배우들은 때를 칠해 놔도 빛이 났다. 특히 새하얀 눈과 치아는 남루한 분장과 대비되어 푸르스름해 보일 정도였다. 그러나 '진짜'에게는 아무런 빛이 없었다. 초점을 잃은 흰자위는 싯누렇고 이빨 또한 모조리 썩은 지 오래인 듯 까맸다. 그 주변을 왕파리 몇 마리가 붕붕 맴돌고 있었다.

노숙자는 봇짐 같은 봉지 몇 개를 이고 진 채 버려진 프라푸치노를 주우려다가, 하마터면 모퉁이를 돈 벤츠에 치일 뻔했다. 야! 이 개새끼야! 급브레이크를 밟고 선 운전자가 창문 밖으로 고함을 질렀다. 시팔, 누구 인생 좀 칠 일 있어? 그러나 노숙자는 반응이 없었다. 그저 천천히, 경건한 의식을 치르듯 컵 속의 내용물을 빨아 먹을 뿐이었다. 벤츠 운전자가 그를 친다 한들 정말 인생을 좀 칠까? 아닐 것이다. 정원은 차로 사람을 치고도 감옥에 가지 않은 이웃들의 무용담을 몇 번이나 들어 본 적이 있었다.

앞서 걷던 안리가 짜증스레 뒤를 돌아보았다. 사촌인 안리는 요란한 성질머리를 타고 났지만, 18년 내내 심한 예절 교육에 시달려 대놓고 고함을 치는 경우는 거의 없었다. 안리의 어머니, 그러니까 정원의 큰엄마는 유달리 소음에 취약했다. 남편이나 외동딸이 내는 소리도 예외는 아니었다. 그러든가 말든가 큰아빠는 참지 않았다. 지적이 따를 때마다 남자라면 뭐든지 커야 한다는 소릴 더 크게 내지를 뿐이었다. 반면 안리는 잘 참았다. 큰아빠는 한 톨도 필요로 하지 않는 큰엄마의 사랑이 그 애에겐 절실했던 것이다. 정원에겐 참고 말고 할 선택지조차 주어지지 않았지만 신세를 한탄해 본 적은 없었다. 큰엄마는 자신의 엄마가 아니며, 그녀가 진실로 사랑하는 건 술과 클래식뿐이라는 걸 알아서였다.

정지음

"저 그지 새끼 치였어?"

정원의 곁으로 다가온 안리가 심드렁하게 물었다. 역시 본성이란 아무리 감추어도 숨결마다 새어 나오기 마련이었다. 하루 대부분의 시간 안리의 꽁무니를 따라다니는 정원으로서는 유감스러운 일이었다.

"그냥 저 봉투들…… 안에 뭐 들었나 궁금해서."

"그딴 게 왜 궁금한데?"

"아무것도 없는 사람의 유일한 소유물은 뭘까 싶은……."

정원의 중얼거림에 안리는 당장이라도 울 것 같은 표정을 지어 보였다. 그건 세상에서 가장 조용한 폭소였다.

"역시 그지 신세가 남 일 같지 않은 거지."

"그런 거 아냐."

"너 이럴 때마다 존나 역겨운 거 알아?"

이럴 때라니. 정원은 무심한 눈짓으로 반문했다.

"사연 있는 찐따같이 굴 때 말이야."

정원은 대꾸 없이 학원 쪽으로 발걸음을 옮겼다. 따라 붙는 비아냥거림이 없어 돌아보니, 안리는 대놓고 노숙자를 촬영하는 중이었다.

"사고 안 났다니까."

"그래도 신고할 거야."

"왜?"

"더럽잖아. 치우라고 해야지."

진심이라면 말릴 생각으로 수업 시간 내내 안리를 지켜봤다. 누구와도 통화하지 않기에 안심했지만, 나중에서야 문자로도 얼마든지 112 신고가 가능하다는 걸 알게 됐다. 노숙자는 신기루처럼 사라졌다. 청결하고 정의로운 안리 덕분에 이 동네는 다시 예전의 무균 상태를 회복할 수 있었다.

*

"너 정신과 데려가라더라. 뭐라도 때 오면 학폭위까지는 막아 보겠다고."

낮부터 취해 있던 큰엄마가 저녁 식탁 위로 폭탄을 내던졌다. 정원은 유난히 새까맣고 커다란 안리의 동공이 번뜩이는 장면을 놓치지 않았다. 안리도 '너'의 주체가 누구인지 직감한 모양이었다.

"유 작가네 재이, 등교 거부 중이라며."

그릇들 위로 죽음과 같은 침묵이 내려앉았다. 정원은 큰아빠가 자리를 비운 게 다행인지 불행인지 헷갈렸다. 거의 평생을 이 집에 얹혀살면서도 큰엄마의 차가운 분노와 큰아빠의 뜨거운 노여움 중 무엇이 더 견딜 만한지 가늠할 수가 없었다.

"미친년. 뒷구멍으로 무슨 짓을 하고 다니면."

"아니에요. 정말 아무 일도 아닌데……."

그 사건이라면 아무 것도 아닌 게 아니었다. 유 작가는 옆옆집에 사는 동양화가로 큰아빠, 큰엄마와는 몇 년째 부부 동반 모임을 이어 가는 사이였다. 곧바로 학교에 찌른 걸 보면 이번에는 도저히 참을 수가 없다고 판단한 듯싶었다.

"안정원, 네가 말해 봐."

오늘 배고프지 말걸, 왜 밥을 처먹겠다고 나와서 이 사단에 휘말린 걸까? 정원은 덧없는 후회와 함께 식은땀을 흘렸다.

"별……일까진 아니고요, 재이가 먼저 리한테 시비를……."

"걔 말고, 얘가 뭘 했는지를 묻고 있잖아."

큰엄마의 손가락이 꽂혀 들 때마다 안리의 마른 어깨가 속절없이 밀려났다. 한번만 더 말을 돌렸다간 둘을 동시에 쇠젓가락에 꿰어 탕후루로 만들 기세였다. 정원은 결국 안리가 유재이네 죽은 강아지 영상에 불지옥을 합성해 매일매일 전송했다는 사실을 털어놓았다. 딴에는 수위가 약한 일화를 선별한 거였지만, 분개한 큰엄마는 마시던 와인을 안리에게 끼얹고 말았다.

"악, 엄마!"

"닥쳐, 제발 엄마라고 부르지 마!"

"그럼 뭐라고 불러요!"

"부르지를 마. 나는 아직도 믿을 수가 없어. 내가 피아노까지 놓아 가며 선택한 게 고작 니 애비랑 너라니……."

큰엄마는 떨리는 손으로 얼굴을 가린 채 울기 시작했다. 정원은 그녀의 시야가 막힌 틈을 타 슬그머니 와인병을 치워 버렸다. 한참을 흐느끼던 큰엄마는 갑자기 눈물을 뚝 그치고 어딘가로 전화를 걸었다.

"재이한테 안리 학교랑 학원 다 그만둘 거라고 전해 주세요. 일주일 안 걸리게 할게요."

*

흐어어엉. 흐어어어어엉.

정원은 침대에 널브러져 통곡하는 안리의 등을 토닥이다가 따귀를 두 대나 얻어맞았다. 전부 너 때문이라며 악쓰는 안리를 보고 있자니 큰엄마의 절망이 절로 이해되는 것 같았다. 네가 이 정도밖에 안 되니까 실패작 소리나 듣고 사는 거야. 진실을 말할 수 없는 정원은 맘에도 없는 소리를 중얼거

정지음

렸다.

"리야, 그만 울어. 어차피 넌 예쁘고 돈 많아서 중졸이어도 인기 많을 거야."

"처돌았어? 개소리하지 말고 책임을 지라고!"

나름의 진심을 담아 보았지만, 위로가 서툰 정원에게 돌아오는 건 추궁과 욕설이었다.

"네가 엄마한테 가서 말해. 다 네가 한 짓이라고. 응? 한 번만. 정말 한 번만."

"저번에도 그랬다가 둘 다 혼났잖아."

"네가 가만있으면 나만 혼나잖아!"

한 명이라도 덜 혼나면 좋은 것 아닌가? 안리가 히스테리를 부릴 때마다, 정원은 그 애의 말대로 해 줘야만 할 것 같은 기분과 뭔가 잘못되어 가는 느낌 사이에서 갈팡질팡했다.

"차라리 큰아빠한테 도와 달라고 해 보자."

"집구석 리모델링한 지 얼마나 됐다고! 또 다 때려 부수는 꼴 보고 싶어?"

그렇게 묻는다면, 당연히 안 보고 싶었다. 그때였다. 현관 쪽에서 한바탕 소란이 일었다. 거나하게 취한 큰아빠가 고래고래 소리를 질러 대고 있는 거였다. 정원은 뻣뻣이 굳어 버린 안리 대신 방문을 박차고 나갔다. 큰아빠가 오늘에야말로 집이나 안리 중 하나를 부숴 버릴까 봐였다.

"얘들아! 귀한 손님이 오셨다!"

그러나 큰아빠는 혼자인 것도, 머리끝까지 화가 난 것도 아니었다. 오히려 한껏 신이 나서는 자꾸 사양하려는 두 사람을 집 안으로 당기는 중이었다. 앞선 이는 놀랍게도 영화배우 서은석이었다. 50이 다 된 아저씨가 어쩜 그리 잘생겼는지 정원은 순간 위기감도 잊고 넋을 놓았다.

"아빠, 흑, 아빠!"

정원을 스쳐 제 아빠에게 달려가는 안리 때문에 귓가에 나풀, 바람이 불었다. 저 정도 달리기 실력이면 정말로 중졸이어도 진로 걱정이 없겠다는 생각이 들 때였다. 서은석 뒤에 숨어 있던 검은 그림자가 주춤주춤 움직였다. 정원과 같은 학교 교복을 입은 남자 아이였다.

"누구야, 우리 공주 누가 울렸어! 이씨, 너희 또 싸웠어?"

정원의 착각이 아니라면, 남자애와 잠시간 눈이 마주친 것 같았다. 순간 큰아빠의 포효나 안리의 훌쩍임이 아주 먼 곳의 사건처럼 아득해졌다. 집 안이 물속도 아닌데 약간 숨이 벅찼다. 큰아빠는 솥뚜껑 같은 손으로 안리의 얼굴을 박박 문지르다가 허둥지둥 두 사람을 소개했다.

"일단 인사부터 드려라. 이분 누군지 알지? 다음 작품 같이 들어갈 서은석 아저씨야. 그리고 준희 이리 나와 봐."

거실 중앙까지 질질 끌려온 남자 애는 눈 둘 곳을 모르겠다는 듯 안절부절못했다. 커다란 강아지처럼 순박한 눈망울에 부끄러움이 가득했다.

"여기는 서준희라고 은석 배우 아들이다. 내일부터 너희랑 같은 학교 다니게 됐다니 잘해 줘라. 준희가 몇 반이라고 했지?"

서준희가 제 아빠를 똑 닮은 얼굴로 브이 자를 그리며 배시시 웃어 보였다. 순간 정원은 영화보다 더 영화 같은 그 한 장면을 자신이 평생 동안 잊지 못하리라 예감했다. 혼자서만 보았다면 기쁜 예감이었을지도 모른다. 그러나 정원의 앞에는 언제나 그랬듯 안리가 빛나고 있었다.

*

안리와 서준희는 2학년 2반, 정원은 외딴 곳의 무인도 같은 8반이었다. 역시 세상에는 신이란 게 없었다. 있다면 안리를 편애하느라 정신이 팔린 반푼이겠지. 진작 납득한 절대 진리에 새삼 부아가 치밀었다.

점심도 거른 채 엎드려 있자니 누군가 정원의 어깨를 쿡

찔렀다. 반장인가 부반장인가, 얼굴이 가물가물한 반 친구
였다.

"안정원, 2반 쌤이 너 교무실로 오래."

"왜? 전학생 때문에?"

"나야 모르지. 빨리 오래."

정원은 학교에서 한 번도 내 본 적 없는 속도로 뛰다가 하
마터면 교무실 문을 박살 낼 뻔했다.

2학년 2반 담임은 하루 새 폭삭 늙은 기색이 역력했다. 전
학생은 무슨, 또 안리 일이겠구나 하는 직감이 왔다.

"오전에 큰엄마가 학교 오셨었거든."

"그런데요?"

"이걸 내고 가시더라고."

얼결에 받아 든 종이는 공란 없이 모든 정보가 기입되어
있는 자퇴서였다. 심지어 안리 본인의 서명까지 되어 있었
다. 안리가 한 건 아니었다. 그 애의 글씨라면 저렇게 반듯할
리 없었다.

"선생님이 헷갈려서. 어머니가 이참에 리 버릇 고치려고
이러시는 건지, 아니면 정말로 자퇴시키려는 건지. 후자라면
안 감독님도 승낙하신 건지 묻고 싶은데."

정지음

하나같이 짜증 나는 질문뿐이었다. 그래도 정원은 성실히 아는 바를 털어놓았다. 큰엄마는 태어나서 한 번도 장난이란 걸 쳐 본 적이 없으며, 어제는 머리끝까지 화가 났고, 이미 유재이네 부모님한테도 자퇴 약속을 해 버렸다는 말이었다.

"정원이는 어떡했으면 좋겠니? 리가 정말 학교 그만두면 정원이도 외로울 거 아니야."

정원은 과연 그럴까요? 되묻는 대신 애매하게 웃어 보였다. 어른들은 가끔 참 뜻 모를 소리를 했고, 정원은 그럴 때마다 너무 열이 받았다.

*

그날 저녁, 학원까지 빼먹고 사라졌던 안리는 큰아빠와 유 작가 부부를 대동한 채 돌아왔다. 묘하게 기세등등한 태도였다. 예술계 중년들의 분위기도 나쁘지 않았다. 정원은 모종의 협상을 타결한 이들 특유의 비밀스러운 동지애를 감지해 냈다. 아무도 큰엄마를 언급하지 않았고, 큰엄마도 구태여 나와 보지 않았다. 정말로 네 사람만의 협의를 본 모양이었다.

어제의 그 지옥 같던 식탁에서 술자리가 벌어졌다. 정원은 필요한 말들을 엿듣기 위해 자진하여 술상을 차렸다. 보조 주방에서 비스킷 위에 크림치즈, 크림치즈 위에 샤인머스캣, 샤인머스캣 위엔 치즈……를 줄줄이 쌓고 있자니 뜬금없이 정원의 칭찬이 들려왔다.

"정원이는 참 성숙한 거 같아요. 어른스럽고."

"그렇죠, 그에 비해 우리 리는 너무 철이 없어서. 제가 정말 두 분께 면목이 없습니다."

"지난 일보다는 앞으로가 중요한 거 아니겠습니까? 그래서 우리 재이, 어떤 역할 주신다구요?"

"여주인공 아역입니다. 아역이어도 회상 신이 많다 보니 비중이 나쁘지 않은……."

저거구나. 정원은 단번에 감을 잡았다. 때마침 옷을 갈아입고 나온 안리가 유 작가 부부를 향해 고개 숙였다. 아주머니, 아저씨. 용서해 주셔서 감사합니다. 다시는 그러지 않을게요. 화가 나서 기절 직전이라던 유 작가가 껄껄껄 웃음을 터트렸다.

"그래, 앞으로도 학교생활 열심히 하렴!"

*

　안리가 변했다.

　등교 시간을 어기지도, 수업 시간에 교실을 이탈하지도, 선생님들한테 공연한 성질을 부리지도 않았다. 어디에도 놀러 가지 않으면서 아침마다 참 꼼꼼히도 화장을 했다. 안리가 마침내 도수 없는 뿔테 안경까지 맞췄을 땐 정원도 조소를 참을 수 없었다. 그러나 그 안경은 웃기지도 않는 결과를 불러왔다. 안리가 뜬금없이 정원에게 안경 금지령을 내린 것이다.

　"안 그래도 닮았다는 소리 듣는데, 둘 다 안경 쓰면 더 그럴 거 아냐? 내일부터 넌 렌즈 껴."

　"너랑 나를 누가 헷갈린다고 그래."

　"준희는 헷갈린다던데?"

　"뭐?"

　"분위기는 달라도 이목구비 느낌이 비슷하다나 뭐라나. 어제는 난 줄 알고 너한테 말 걸 뻔했대. 그러니까 렌즈나 끼라고. 알았어?"

　"렌즈 살 돈 없어."

　"하, 이걸로 사. 됐지?"

머리로는 납득이 안 가는데도 정원의 몸은 착실하게 안리가 던진 카드를 줍고 있었다. 어릴 때부터 안리가 던진 숟가락, 장난감, 스마트폰, 태블릿, 옷, 신발, 귀걸이, 반지, 목걸이를 너무 많이 주워 본 경험 때문이었다.

*

큰엄마는 의외의 결단을 내렸다. 내일부턴 정원도 학원을 그만두고, 안리와 서준희가 함께 받는 그룹 과외에 끼라는 말이었다. 아니나 다를까 안리가 진저리 쳤지만, 큰엄마는 간단히 무시했다. 자퇴 얘기가 큰아빠 선에서 무마된 후로 모녀 사이는 거의 최악이었다.

"나는 이제 너 같은 애 안 믿는다. 안정원, 너도 정신 차리고 쟤 감시 잘해."

정원은 혹여나 큰엄마의 마음이 바뀔까 고개를 열 번이나 끄덕였다. 큰엄마께 진심으로 감사해 보긴 오랜만이었다.

과외 분위기는 생각보다 화기애애했다. 예상 외로 안리의 학습 태도가 무척 착실했던 것이다. 안타깝게도 딱 태도만이었다. 오랫동안 어떤 배움도 새겨 넣은 적 없던 안리의 머리

정지음

통은 갑자기 들이닥친 고도의 지식들을 소화하지 못했다. 그건 거의 지식의 설사였다.

"그럼 여기 빈칸엔 뭐가 들어가야 할까?"

"2요!"

"아니지, 67이지."

"힝. 나 또 틀렸어. 바본가 봐."

시간이 지날수록 안리의 적극성은 수업에 방해가 되었다. 특히 정원은 그놈의 힝! 헹! 흥! 하는 콧소리에 노이로제가 걸릴 지경이었다. 그러나 정원 혼자서만 느끼는 불쾌감인 듯싶었다. 서울대 무슨 과를 수석으로 졸업했다는 과외 선생 놈이나 서준희는, 안리가 꺅꺅거릴 때마다 함께 미소 지을 뿐이었다.

그래도 수확이 아예 없는 건 아니었다.

"정원아, 공부 많이 힘들어? 표정이 안 좋네."

학교에서는 좀처럼 마주칠 수 없는 서준희와 자연스럽게 말을 트게 된 것이었다.

"아니, 공부는 전혀 힘들지 않아. 나는 어렸을 때부터 공부를 좋아했거든. 공부는 혼자 하는 거니까. 답이 다 정해져 있기도 하고, 하면 할수록 등수도 오르고."

"나는 혼자 집중이 안 되던데. 너 되게 멋있다."

의례적인 빈말이라는 걸 알면서도 정원은 기뻐했다. 정원은 좋아 본 경험이 없어서 좋은 마음을 눌러 본 적도 없었다. 안리는 항상 그 뻔한 지점을 비웃었다.

"뭐가 대단해? 쟨 친구가 없어서 공부나 하는 거야."

의례적인 악담이란 걸 알면서도…… 정원은 분개했다. 화를 참는 데엔 이골이 난 인생이었지만 왜인지 서준희 앞에서는 모욕을 참는 모습을 보이는 것도 부끄러웠다.

"그럼 넌 친구 많아서 공부 못하는 거야? 친구도 많고 공부도 잘하는 서준희는 뭔데?"

"시발, 너 돌았어?"

"애들아, 제발 그만해……."

요즘 들어 종종 정원조차 자신이 미친 걸까 궁금해지는 순간들이 있었다. 그녀는 스스로에게 자주 반문했다. 나는 안리를 이기고 싶은 것일까, 안리가 되고 싶은 것일까?

*

겨울방학 첫날부터 집에서는 난리가 났다. 근래 계속 천사 같은 미소를 달고 살던 안리가 거실 바닥에 드러누워 울부짖고 있었다. 가늘고 긴 팔다리를 마구 휘젓는 모습이 광

정지음

증에 걸린 타조 같았다. 그러거나 말거나 큰엄마는 노이즈 캔슬링 헤드폰을 낀 채 캐리어들을 점검하는 중이었다.

"어디 가세요?"

짐이 꽤나 많고 커서 묻지 않을 수 없었다. 정원의 입 모양을 읽은 큰엄마가 헤드폰을 빼며 짧게 대꾸했다.

"괌."

"아, 올해도……."

"추워서 견딜 수가 없어."

"언제 오시는데요?"

"쟤도 가니까 너희들 개학 때까진 돌아와야겠지."

"리는 왜 우나요?"

"가기 싫단다. 과외해야 한다나."

"나 안 가! 못 가요! 고3이 공부하겠다는 걸 왜 막아요!"

"공부는 괌에 있는 엄마 친구가 봐줄 거라고 했지? 일어나."

"괌 싫어, 괌에서 하는 공부는 더 싫어."

안리는 그 후로도 20분을 내리 울다가, 네가 그리 싫다면 정원이와 가겠다는 큰엄마의 일갈에 뜻을 굽혔다. 정원은 그들이 탑승한 비행기가 무사히 이륙했다는 것을 확인한 후 거실 소파 위로 몸을 던졌다. 발을 팡팡 구르고 TV를 크게 튼

채 부스러기를 잔뜩 흘리며 과자도 먹었다. 늘 해 보고 싶던
일이었다.

*

그날 저녁엔 장대비가 쏟아졌다. 안리의 출국 소식을 들
은 서울대 선생은 수업 시간 내내 극심한 아쉬움을 토로했
다. 날씨도 이 모양인데 안리까지 없으니 수업 분위기가 칙
칙하다는 거였다. 정원은 이 자식 빼고 과외를 하면 어떨까?
궁리하다 선생이 빠지는 순간 과외는 과외가 아니게 된다는
걸 깨달았다. 마음을 고쳐먹고 평소보다 상냥하게 선생님을
배웅해 줬다. 이 사람이 빨리 가 줘야 둘이 있을 수 있고, 이
사람이 다음에도 와 줘야 그 애의 얼굴을 한 번 더 볼 수 있
었다.

"선생님, 가셨다."

"그러게."

"빗길 운전 조심하셔야 할 텐데."

"그러게."

"아휴, 나는 어떻게 가나."

"그러니까."

남자애와 단 둘이 한 공간에 존재한다는 건 당황스러운 일이었다. 머릿속을 아무리 뒤져도 완벽하게 자연스러운 한 마디를 찾기 어려웠다. "너도 곧 가 본 적 있어?" 아니, 안리와 관계되는 키워드는 일절 내뱉고 싶지 않았다. "이 큰 집에 혼자 있기 무서운데." 이것도 부적절했다. 그간 자신을 왕따라고 생각할까 봐 홀로됨의 장점을 너무 많이 설파해 온 탓이었다. "라면 먹고 갈래?" 정원이 내어 줄 수 있는 끼니가 라면뿐이긴 했지만 이 대사에는 너무나 부적절한 사회적 합의가 담겨 있었다.

그런데 그때, 거실 통창 너머를 내다보던 서준희가 갑자기 미친 소릴 했다.

"정원이…… 진짜 예쁜 것 같아."

"뭐라고?"

정원은 제자리에서 펄쩍 튀어 올랐다. 벌렁대는 가슴을 움켜쥐고 있자니 서준희가 서둘러 부연 설명을 덧붙였다.

"이 집 정원 말이야. 꽃은 다 졌지만 그건 또 그것대로 분위기가 있어서."

"아, 마당, 마당의 'Garden'. 당연히 예쁘겠지, 큰엄마가 얼마나 공들여 가꾸는데."

"왜 그렇게 놀라? 혹시 네 얘긴 줄 알았어?"

"아니. 절대."

"정원이 너도 은근 웃긴 것 같아."

"아니라니까."

"그리고 너도 예뻐."

정원은 하마터면 입으로 허파를 뱉을 뻔했다.

"감독님은 언제 들어오셔?"

"지방 로케 때문에 한두 달 못 들어온다던데. 너희 아버님도 같이 촬영 중이시잖아."

"우리 아빠는 나 데리러 오고 있는데."

"아, 음. 그럼 우리 큰아빠가 거짓말을 했나 보네."

말실수를 했다고 생각한 모양인지, 서준희의 하얀 얼굴에 곤란함이 가득해졌다. 정원은 의아했다. 이 집에서 거짓말이란, 소음을 예방하는 효과적 방편 그 이상도 이하도 아니었다.

*

다음 날 아침, 정원은 서준희에게서 걸려 온 전화 때문에 천년의 잠을 다 깼다. 서은석이 정원을 가족 캠핑에 초대했다는 거였다. 출발이 당장 두 시간 후인데 괜찮겠냐는 물음

정지음

에, 정원은 몇 번이고 공들여 승낙 의사를 밝혔다.

차창을 내리며 웃어 주는 서은석의 얼굴에서는 오늘도 빛
이 났다. 깎아 놓은 듯한 그들 부자와 비교하니 정원의 얼굴
은 방금 무너진 바위굴 같았다. 안리의 화장품까지 훔쳐 바
른 보람이 없었다. 그래도 정원은 감사했다. 행운이 찾아온
것, 행운이 취소되지 않은 것, 행운이 마침내 실현된 것. 안리
가 떠나지 않았다면 정원에게까지 닿을 리 만무한 기회였다.
차는 두 시간을 달려 경기도 외곽의 한 캠핑장에 멈췄다. 동
네에서는 억만금을 줘도 맡을 수 없는 청아한 공기가 폐부를
가득 채웠다. 서은석이 경치 구경에 여념 없는 아이들에게
산책을 제안했다. 본인이 텐트를 치는 동안 주변을 거닐고
오라는 거였다.

두 사람은 꿈결과 같은 오솔길을 함께 걸었다.

"정원이 너 이렇게 웃는 거 처음 보는 거 같아."

"내가 웃었다고?"

"응. 여기 맘에 드나 보다. 다행이야. 리도 같이 왔으면 좋
았을 텐데."

역시 꿈결을 걷는 건 나뿐이로구나. 정원은 실망을 인내
하려 했지만, 평소처럼 잘되지 않았다.

"나는 리가 없어서 좋은 건데."

울창한 숲이 진실의 가루라도 뿜어내는 건지, 입술이 멋대로 춤을 추었다. 그 말에 서준희는 약간 고통스러워 보이는 표정을 지었고, 정원은 그 고통의 맥락을 나중에서야 이해하게 되었다.

*

초겨울 산속은 금세 어두워졌다. 세 사람은 모닥불 앞에 옹기종기 모여 앉았다. 정원은 귓불이 얼어붙는 와중에도 추위를 느끼지 못했다. 불 때문인지, 손에 쥔 코코아 컵 때문인지 서준희가 구태여 벗어 준 롱 패딩 때문인지 오히려 모든 것이 따뜻했다. 서울에서는 하나도 보이지 않던 별이 이곳 하늘에는 빼곡했다. 죽은 사람은 별이 된다는 허무맹랑한 얘기가 있던데 우리 엄마, 아빠도 저기에 있는 걸까? 답지 않게 촌스러운 감상이 들 정도였다.

"큰아빠 댁에서 지내는 건 어떠니? 두 분이 잘해 주시니?"

서은석이 넌지시 정원의 안부를 물어 왔다. 여태껏 무수한 어른들이, 단 하나의 대답을 상정하고 던져 온 그 질문이었다.

"네, 그럼요. 너무 좋아요."

정원은 정답을 말했다. 연기자 앞에서 연기를 하려니 거북했지만, 호의 가득한 인사치레에 좆같다고 대답할 수도 없는 노릇이었다. 그 후로도 정원의 학교생활이나 진로, 인간관계, 건강 상태 전반에 걸쳐 심도 있는 질문이 이어졌다. 처음엔 은근슬쩍 얼버무렸지만 어느 순간부터는 당해 낼 재간이 없었다. 서준희가 통화를 하겠다며 모닥불에서 멀어진 시점부터 서은석의 목소리가 진지해졌다.

"그런데 앞으로는 누가 이런 데 오자고 해도 덜컥 따라가면 안 돼. 특히 나 같은 아저씨는 절대."

"오늘은 준희도 있잖아요."

"준희도 믿지 마. 남자들은 다 똑같아. 속으로는 어떤 몹쓸 생각을 할지 모르거든."

정원은 엄숙한 분위기 때문에 오히려 웃음을 터트렸다.

"꼭 아빠 같아요."

농담이었는데 서은석이 조금도 웃지 않아 가슴이 철렁했다.

"아, 제 말은, 아빠가 있었으면 이랬을 거 같다, 하는 얘기였어요. 기분 나쁘셨으면 죄송해요."

"아빠, 엄마가 그립진 않니?"

정원은 멀찍이서 통화에 여념이 없는 서준희를 흘깃 바라보았다. 한 명 이상이 듣는 데선 절대로 털어놓지 못할 대답을 하기 위해서였다.

"사실 저는 그리움이 뭔지 몰라요. 부모님은 제가 아주 어릴 때 돌아가셨거든요. 정신 차려 보니 큰집에 얹혀살고 있었고, 자아가 생기기도 전부터 안리 뒤치다꺼리에 이골이 났어요. 제 인생은 그게 다예요. 부모님이 살아 계셨다면 느끼지 않았을 서러움들이 그리움의 크기일까요? 그렇다면 저는 서러워서 그리워요."

정원은 서은석의 눈치를 살폈다. 서은석 또한 시시각각 자신의 눈치만 보는 정원을 면밀히 살피고 있었다.

"그런데 부모님이 살아 계셨대도 제가 행복했을 것 같진 않아요. 오히려 부모님이 저 때문에 불행하지 않았을까요?"

"어째서?"

"모닥불이 참 예쁘네요. 저는 캠핑도 처음 와 보는데."

"아저씨 생각은 다른데. 너 같은 딸이 있다면 누구든 행복할 거야."

서은석은 인내심 있는 태도로 정원의 용기가 돌아오길 기다렸다. 정원은 갈등했다. 이 이상의 이야기는 누구에게도 해 본 적이 없었다. 정원이 알기로, 어른들은 애교 없고 불운한 여자아이의 응석을 곧이곧대로 받아 주는 법이 없었다.

정지음

그러나 침묵 또한 불안했다…….

"부모님은…… 제가 생기는 바람에 억지로 결혼한 사이였
대요. 엄마는 촉망받는 신인 배우였고, 아빠는 영화 촬영장
스태프였는데 어쩌다 하룻밤 눈이 맞은 게 재앙이었던 거죠.
제가 태어나고 얼마 안 돼서 아빠가 사고로 돌아가시고, 혼
자 남은 엄마는 심한 우울증에 걸리셨대요. 그럴 수도 있죠.
원치도 않던 아이 때문에 미래를 다 망쳤는데. 어쨌든 엄마
도 얼마 후 스스로 목숨을 끊으셨고……."

"아니, 아니, 아니, 잠깐만."

정원은 사색이 되어 손사래를 치는 서은석을 의문스레 바
라보았다. 듣기 좋은 스토리는 아니다만 저렇게 질색할 정도
인가? 생각할 때였다.

"누가 그래? 누가 너한테 그런 이야길 했어?"

"……안리가요."

서은석은 정원은 어깨를 붙잡은 채 망연자실했다.

"틀렸어. 사실과는 완전히 다르다."

"아저씨?"

"내일 집에 돌아가면 꼭 네 부모님 성함 여섯 자, 인터넷에
검색해 보거라. 아니다, 지금 당장 서울로 돌아가자."

캠핑은 정말로 끝이었다. 돌아오는 차 안의 분위기는 사

듯 무거웠다. 서준희조차 친구와의 통화가 틀어졌는지 무척이나 울적한 기색이었다. 그들이 탄 차는 자정을 넘겨서야 정원의 집 앞에 다다랐다. 서준희는 서은석이 차를 돌리러 간 동안 무겁지도 않은 정원의 짐 가방을 굳이 거실까지 들여놔 주었다. 정원이 롱 패딩을 돌려주려 하자 그것도 만류했다.

"옷은…… 너 줄게. 선물이야."

"오늘 개시한 거라며. 비싼 거 같은데 드라이해서 다음 과외 때 돌려줄게."

"정원아, 미안해."

"왜?"

"나 과외 그만둘 거야."

"왜?"

"안리가…… 싫대."

정원은 그게 무슨 상관이냐고 묻지 않았다. 한마디라도 더 했다간 목울대가 뜨거워진 걸 들킬 것 같아서였다.

*

"안리가 싫대."라는 대사를, 사는 동안 무수한 아이들에게 들어 본 정원이었다. 패턴은 비슷했다. 새 학교, 새 학기, 새 학급의 친구들과 가까워질 만하면 어김없이 안리가 끼어들었다. 예쁘고 활발한 데다 돈 잘 쓰는 안리를 싫어하는 아이들은 별로 없었다. 소심한 친구들은 안리 특유의 존재감을 부담스러워하기도 했지만, 결국 안리에게 매료되는 건 똑같았다. "안리가 너랑 놀지 말래." "나는 안리가 더 좋아." 혹은 "너랑 다니면 안리가 해코지할까 봐 무서워." 정도의 차이였다. 정원은 사실 유재이에게도 죄책감을 느꼈다. 재이는 마지막의 마지막까지 자신에게 다가와 주던 친구였다. 안리의 괴롭힘이 심해진 이유도 그와 무관하지 않을 거였다.

정원은 안리의 방에서 몰래 노트북을 빼 온 후 뒤늦은 번뇌에 빠졌다. 왜 한 번도 알아볼 생각을 하지 않았을까? 언제부터 "부모도 싫어하는 애를 누가 좋아하겠느냐."라던 안리의 비웃음을 가슴으로 납득하기 시작한 걸까. 아마도 처음부터란 생각이 들었다. 진짜 남도, 진짜 자매도 아닌 안리와 잘 지내기 위해서는 몰라야 안전한 것들이 많았다.

두 아이의 관계에서 정원의 일방적 순종은 자연법칙처럼 당연했다. 어쩌면 정원은 안리의 본질을 꿰뚫는 게 두려웠을

지도 모른다. 진짜 그 애를 아는 것, 아는 대로 그 애를 심판하는 것, 그리하여 그 애를 증오하게 되는 것, 그 애의 뿌리와도 같은 이 집안을 통째로 경멸하게 되는 것…… 정원은 본능적으로 모든 앎의 결과가 보금자리의 상실로 이어질 것을 알았다. 궁전에 살고 싶다면 하녀를 자처하는 수밖에 없었다.

정원은 망설임을 떨치기 위해 노트북의 전원을 켰다. 서은석이 일러 준 대로 포털 사이트에 아버지 이름을 검색했다.

그러나 세상에는 현역에서 왕성한 활동을 이어 가는 '안수현'들이 너무 많았다. 교수, 배우, 모델, 작가, 축구선수, 사업자, 기자 안수현들의 업적이 방대해 아버지에 대한 기록을 선별할 수 없었다. 고심 끝에 이번에는 어머니 이름을 쳐 보았다. 하지만 '정희은' 또한 마찬가지였다. '여배우 정희은'이라는 키워드조차 쓸 만한 페이지를 보여 주진 못했다. 어머니 사후 데뷔해 한류스타가 된 정희은이 따로 존재하기 때문이었다. 정원은 피로감과 허무함에 노트북을 덮고 침대에 드러누웠다.

집에 돌아가면 꼭 네 부모님 성함 여섯 자, 인터넷에 검색해 보거라.

서은석 아저씨는 왜 그런 말을 한 걸까? 검색만 하면 진실

정지음

이 열릴 것처럼. 집에 돌아가면 꼭 네 부모님 성함 여섯 자, 인터넷에 검색해 보거라. 아무 것도 안 나오잖아요, 아저씨? 집에 돌아가면 꼭 네 부모님 성함 여섯 자…… 그러고 보니 서은석은 세 글자라고 한 적이 없었다. 정확히 '여섯 자'라고 짚어 줬지. 정원은 다시 몸을 일으켜 노트북 앞으로 다가 갔다. '안수현 정희은'을 함께 검색하자 웹 페이지 결과 수가 확연히 줄어들었다. 정원은 '정희은 안수현 부부' '정희은 안 수현 영화' 등으로 더욱 더 결과 폭을 좁혀 나갔다. 의외로 가 장 효과적인 키워드는 큰아빠 이름과의 조합이었다. '안광현 안수현 정희은'을 치자, 거의 모든 페이지가 그들 가족의 이 야기를 조명하고 있었다.

[안광현 감독, 친동생 조연출 故 안수현 빈소에서 오열]
[故 안수현에 영화계 애도 물결…… 현장 안전불감증 개선 목소리 높아져]
[안광현 감독, 〈추락〉 누적관객 800만 돌파…… "새 작품에 죽은 동 생 보험금까지 털어" 치열한 제작기 고백]

정원은 기사 사진 속 아버지의 영정 사진을 망연히 바라 보았다. 생각해 보니 자신에겐 부모님 사진 한 장이 없었다.

애초에 이 집에서는 정원의 부모님 이야기가 암묵적 금기였다. 안리를 통해서만 몰래 캐낼 수 있었기에 안리의 말만을 믿었던 것이기도 했다.

와중에 정원의 시선을 끈 것은 지금은 폐간된 여성 잡지의 인터뷰 기사였다. 환히 웃고 있는 어머니의 모습 또한 아버지의 영정 사진만큼이나 낯설었다.

[신인 배우 정희은, 깜짝 결혼 소식 전한 후 1년…… 근황은?]

Q. 희은 씨! 너무 보고 싶었어요. 지금은 어떻게 지내고 있나요?

A. 저는 결혼식 후 7개월이 지났을 즈음 딸을 출산했고요. (웃음) 요즘은 하루하루 육아로 바빠요. 아기는 정말 신기해요. 그 작은 몸으로 하루 종일 울어 젖힌다니까요. 제 딸이어서 하는 소리가 아니라, 애가 발성이 남달라요. 나중에 판소리 같은 걸 시킬까 봐요.

Q. 남편 분과의 연애, 결혼 스토리를 궁금해 하는 독자님들이 많아요.

A. 첫 작품 〈우리들은 푸른 봄〉 찍을 때, 현장이 낯설어 고생을 많이 했어요. 그때 남편이 곁도는 저를 잘 챙겨 줬어요.

알고 보니 본인도 스태프들 사이에서 겉돌고 있었다 하더라고요. 근데 아무래도 핑계 같아요. 그냥 나한테 반한 거면서!

Q. 남편 분이 안광현 감독님 친동생이잖아요. 두 분 열애를 알고 나서 감독님은 뭐라던가요?

A. 처음에는 불같이 화를 내셨어요. 신성한 현장에서 뭣들 하냐며 작품에서 빠지라고까지 하셨으니까요. 중간에서 형제 싸움 말리고, 저희 연애 돕느라 고생한 사람은 따로 있는데요. 〈우리들은 푸른 봄〉 남자 주인공 서은석 씨예요! 그 분이 저희 부부의 은인이죠.

Q. 작품이나 연기 활동에 대한 계획은요? 배우 정희은을 다시 보고 싶어요!

A. 사실 아직은 복귀할 생각이 없어요. 연기도 즐겁지만, 아기와 최대한 많은 시간을 보내고 싶어서요. 딸 이름이 안정원인데요, '안수현과 정희은의 하나뿐인 보물'이란 뜻이에요. (웃음) 실은 저랑 남편 둘 다 외롭게 자랐거든요. 안타깝게도 우리는 좋은 부모님을 만나지 못했으니까, 딸아이한테만큼은 가능한 한 모든 사랑을 주고 싶어요. 정원이가 원하는 것 다 이루면서 살았으면 좋겠어요. 이 아이가 행복하다면 우리 가족도 결국 행복해질 테니까요.

다음 : 〈우리들은 푸른 봄〉 정희은, 자택에서 사망한 채 발견…… '사인은 심장병'

정원은 어머니의 부고 기사를 읽으며 갈비뼈가 죄어 오는 것 같은 감각을 느꼈다. 스스로 목숨을 끊은 게 아니었다. 부검 결과 평소 앓던 원인 불명의 심장병으로 인한 사망임이 명백하다 쓰여 있었다. 그렇다면, 마지막까지 정원의 탄생을 원망하다 죽었다는 건 누구의 악의가 섞인 얘기일까? 정원은 통증이 이는 가슴을 부여잡았다. 이 고통은 후회였고, 죄책감이었다. 어째서 그토록 쉽게 부모님을 머릿속 가장 누추한 곳으로 치워 버렸을까. 언젠가의 정원은 까맣게 잊는 것으로 복수하겠단 생각을 하기도 했었다. '당신들도 날 사랑하지 않았잖아요, 그러니 나도 추억하지 않을 거예요'라는 오기였다.

오랫동안 참아 왔던 눈물이 터져 나왔다. 울어 봤자 아무도 봐 주지 않는다는 생각에 울 필요를 못 느껴 본 인생이었다. 행복도 마찬가지였다. 행복해져 봤자 영영 혼자이리란 생각에 그것을 가지려 해 본 적도 없었다. 그러나 행복이야말로, 정원의 부모가 정원에게 남겨 준 마지막 숙제였다. 정

정지음

원은 인터넷 기록을 꼼꼼히 삭제하고 노트북을 제자리에 돌려놓았다. 따로 간직하고 싶은 페이지는 없었다. "정원이가 원하는 것 다 이루면서 살았으면 좋겠어요. 이 아이가 행복하다면 우리 가족도 결국 행복해질 테니까요." 이 두 마디로도 평생을 살아가기엔 충분했다.

*

그러나 부모에 대한 진실과 큰집이 감추고 있는 비밀은 별개였다. 정원은 날이 밝자마자 서은석에게 전화를 걸었다. 집으로 즉시 방문해 줄 것을 요청했다. 서은석은 기다리고 있었다는 반응이었다.

"이 집에 제 손님이 오는 건 처음이에요."

"친구들은?"

"저는 친구가 없어요."

서은석은 말없이 냉수를 한 모금 들이켰다.

"아저씨는 우리 부모님 친구였나요?"

"친구였다고 생각한다."

"그럼 말해 주실 수 있지요. 촬영장 사고에 대해서요. 그건 정말로 큰아빠가 떠벌리고 다니는 것처럼, 100퍼센트 우연한 '신의 뜻'이었나요?"

서은석은 무슨 의미냐는 눈빛을 돌려주었다.

"큰아빠는 쫄딱 망하기 직전의 무명 감독이었어요. 근데 동생이 현장에서 죽은 후에도 그 현장에서 작품을 완성했다는 이유로, 어느 순간 예술가로 인정받기 시작했어요."

"안 감독 인터뷰를 본 거니? 어떤 부분에서 그런 생각을 했는지……"

"인터뷰 내용에는 이상한 점이 없어요. 그런데 인터뷰가 지나치게 많아요. 딸인 저와도 아버지 얘기를 나누지 않으면서, 밖에서는 헤프다 싶을 정도로 그 죽음을 말하고 다녀요. 제작비 횡령 의혹에도, 흥행 부진에 대한 문책에도, 주연 배우와의 염문설에도 어김없이 내 아버지의 이야기가 나오고 있어요. 한 사람의 우연한 죽음이 이렇게까지 산 사람에게 유리할 수 있는 건가요?"

"안 감독이…… 설마 일부러 사고를 만들어 제 입신양명을 챙기려 한 건 아닐 거라 생각한다."

그러나 사고 현장에는 사고를 사고로 볼 수 없는 흔적들이 몇 가지 남아 있었다. 그 점을 정확히 짚은 기사도 몇 개나 남아 있었다. 정원은 큰아빠가 고의는 아니되 고의성이 드러나는 방식으로 사고에 관여했으리라 확신했다. 물론 그 반대를 확신하는 서은석의 입장 또한 충분히 이해할 수 있었다. 그의 의견은 안 감독에 대한 확신이 아니라, 그가 인간 본성에 가지려는 마지막 믿음일 거였다. 정원의 어머니가 말한 대로 서은석은 좋은 사람이었다. 그리고 좋은 사람이란 자주 유약한 사람과 겹쳤다.

"확실히 기억나는 건…… 당시 안 감독이 이슈를 바랐다는 거야. 미미한 인지도와 흥행 참패, 평론계 냉대에 대한 초월적 돌파구를. 그래서 준재벌집 피아니스트와 결혼을 감행하기도 했지만, 혼전 임신에 분노한 처가와는 곧바로 연이 끊겼지."

정원이 알기로 큰엄마가 내쳐진 이유는 혼전 임신 때문이 아니었다. 당시 큰엄마네 가족 모두는 그녀의 알코올릭 치료에 매진하고 있었다. 술을 갈구할수록 한 방울도 주어지지 않는 와중에, 큰아빠가 접근해 고급 와인을 궤짝째로 내민 거였다. 큰엄마는 그야말로 눈이 돌았다……. 오랜 치료가 결국 실패로 돌아간 밤. 안리는 그 때 생긴 아이라는 이유로 아직까지도 외갓집의 인정을 받지 못했다. 순간 정원의 머릿속에 어디서 많이 들어 본 악담이 스쳐갔다. 사랑 없는 억지 결혼. 촉망받는 신인. 영화 촬영장 스태프. 어쩌다 하룻밤 눈이 맞은 대가로 생긴 아이라는 재앙.

"모든 게 안리 본인 얘기였군요."

"안 감독은 애만 들어서면 장인, 장모가 두 손 두 발 들 거라 생각했던 것 같아. 안타깝게도 아직까지 안 감독이 망하기만을 바라고 있다는 소식이지만."

"감사해요. 아저씨는 정말로 우리 가족의 은인이에요."

정원은 진심을 담아 미소 지었다. 서은석은 조금 머뭇대다가 놀라운 제안을 해 왔다.

"정원아, 차라리 아저씨네서 살래?"

"어제는 '앞으로 누가 불러도 덜컥 따라가면 안 돼. 특히나 같은 아저씨는'이라고 하셨잖아요."

"그건…… 맞다."

"아저씨, 어떤 혹독한 겨울이든 결국 봄이 오잖아요. 저는 그 말을…… 겨울에서 도망치는 사람에겐 봄을 맞을 자격이 없다는 뜻으로 이해하고 있어요……. 봄이 되면 아저씨가 다시 이 집으로 놀러 오세요. 이 집의 정원은 봄에 가장 예쁘니까요."

서은석은 어려워도 힘내 보자는 격려를 남긴 채 돌아갔다. 정원이가 생각보다 씩씩해 다행이라고 생각하면서. 그래도 살을 부대끼고 사는 동안, 큰집 식구들에게 정이 많이 들었나 보다 추측하면서.

정지음

*

삶이 큰아빠가 찍어 대는 재미없는 영화 같은 거라면, 이
쯤에서 정원은 각성과 동시에 격렬한 복수를 설계해야만 했
다. 영화 속 주인공에게는 평온으로의 도피가 허락되지 않았
다. 그 어떤 절망도 실망도 면죄부가 될 수는 없었다. 그렇다
면 나는 주인공이 아닌가 봐. 정원은 생각했다. 많은 것을 알
게 되었지만 현실적으로 할 수 있는 일이 없었다. 세상도 정
원에게 무심했다. 해가 뜨고, 해가 지고, 날짜가 바뀌고, 또
다시 해가 뜨고, 지고……. 따분한 시간만이 무한히 반복될
뿐이었다. 정원의 일상에서 딱 하나 바뀐 것이 있다면, 마당
에 나가 있는 시간이 길어졌다는 거였다.

몇 년 전만 해도 강남권의 유명 브랜드 아파트에 살았었
다. 지인들을 초대할 때마다, 택배를 시킬 때마다, 대리 기사
를 부를 때마다 여상히 발음해 대는 그 주소는 큰아빠와 안
리의 자부심이었다. 그러나 큰엄마는 콘크리트 정글을 견디
지 못했다. 지금 사는 단독주택은 양평에 새로 집을 짓겠다
는 큰엄마와 서울을 절대 떠날 수 없다는 큰아빠가 겨우 타
협한 마지노선이었다. 평수는 작아졌지만, 대신 드넓은 마당

이 생겼다. 큰엄마는 집안 살림에는 놀랍도록 관심이 없는 대신 가드닝에는 사시사철 눈을 빛냈다. 안리가 학교에서 맞고 돌아와도 심드렁한 큰엄마가 식물을 잘못 밟았을 땐 불같이 화를 내는 것이 놀라웠다. 언젠가 한번, 정원은 용기 내어 그 이유를 물어본 적이 있었다. 하지만 면박을 당할까 움츠러들었던 상황만 떠오르고, 그녀의 대답이 어땠는지는 전혀 기억나지 않았다.

*

큰엄마와 안리는 정말로 겨울방학이 끝나기 전날에서야 늦은 귀국을 했다. 새카만 밤 돌아온 안리의 얼굴은 떠날 때와 마찬가지로 눈물에 흠뻑 젖어 있었다. 정원은 방에 처박혀 통곡하는 안리를 찾아가, 넌지시 이유를 물었다. 이 집은 벽이 얇았고 두 사람은 바로 맞닿은 방을 사용했다. 커다란 울음소리는 오래 참을 수 없는 고역이었다.

"엄마한테 남자가 있었어. 웬 거지 같은 젊은 남자가."

고작 그거였냐? 정원은 그 남자가 절대 거지 같지 않으리라는 데 모든 걸 걸 수 있었다. 큰엄마는 심미안이 탁월한 사람이다. 그녀가 고른 것 중 못생긴 것이란 안리의 아버지 하나뿐이었다.

"시발……. 사람들은 모를 거야. 내가 얼마나 불쌍한 앤지. 왜 저렇게 바람들을 피워 대는 거야? 정말 더러워 죽겠어."

대체 언제까지 징징거릴 셈이지? 정원은 흠뻑 젖은 눈망울의 사촌 자매를 와락 껴안아 버렸다. 밀착하지 않으면 한없이 썩어 버린 표정을 들킬까 봐서였다.

"넌 알잖아. 내가 얼마나 바람 같은 거에 예민한지……. 짝 있는 사람이랑 놀아나 보려고 얼쩡거리는 그런 거, 정말 추잡하다고 생각해. 그치?"

"어, 그렇지, 그렇…… 악!"

그때 품속에서 웅얼거리던 안리가 불시에 정원의 허벅지를 발로 찼다. 무념무상 동조의 대답을 읊어 대던 정원은 강한 타격에 중심을 잃고 나동그라졌다.

바닥에서 올려다본 안리는 조금도 울고 있지 않았다.

"그걸 안다는 년이 내 남자 친구랑 캠핑을 가?"

넘어지며 머리를 찧은 건지, 새빨간 피가 이마에서 턱으로, 턱에서 목으로, 주르륵 흘러내렸다.

"그날 무슨 말을 어떻게 지껄여 댔길래 준희가 나한테 헤어지재."

정원은 본능적으로 티슈를 향해 손을 뻗었다. 안리는 허락하지 않았다. 방금 정원에게 그랬던 것처럼, 티슈 곽도 발로 차 어딘가로 날려 버렸다.

"아무 말 안 했어!"

정원이 필사적으로 부르짖었다.

"말로는 자기 아빠가 나 만나지 말랬다는데. 서은석 아저씨가 날 싫어할 리 없잖아. 아님 네 년이 그 아저씨한테도 이간질을 한 거겠지."

서은석과 나눈 이야기를 이간질이라 분류할 수 있는지는 모르겠지만, 100프로 결백하지도 않았다. 안리는 정원의 얼굴을 스치는 낭패감을 놓치지 않았다.

"배은망덕한 년."

안리는 경멸을 짓씹었다.

"더 이상은…… 못 참겠어……. 네가 우리 집에 빌붙어서, 내 것들 야금야금 탐내는 거. 내 집, 내 부모, 내 친구, 내 애인, 다 내 거라고, 네 것들이 아니라고."

부들대던 안리가 정원의 머리채를 휘어잡았다. 아아악! 두피가 찢기는 고통에 새된 비명이 절로 터져 나왔다. 안리는 책상 위 커터 칼을 낚아챈 후, 바닥에서 몸부림치는 정원을 방 밖으로 질질 끌었다. 아닌 밤중의 소동으로 각자의 방에서 쉬던 큰아빠와 큰엄마가 뛰쳐나왔다.

정지음

"제발 조용히 좀 해!"

상황 파악이 안 된 큰엄마가 신경질적인 비명을 질렀다. 안리는 거실 구석에 정원을 팽개치고, 커터 칼 날을 자신의 손목에 갖다 댔다.

"조용하게 살고 싶으면 애 당장 내보내. 안 그러면 나 죽어 버릴 거야."

"리야! 그거, 칼, 내려 놔!"

"선택 해! 얘야, 나야!"

큰아빠는 졸도 직전의 상태가 되어 발을 동동 굴렀다. 얼어붙어 대꾸조차 못할 뿐 큰엄마 또한 나자빠지기 3초 전이었다. 안리 주변에서 거리를 좁혀 가던 큰아빠가 마침내 커다란 몸으로 자기 딸을 제압했다. 안리의 손에서 커터 칼이 떨어짐과 동시에 세 사람이 모두 울기 시작했다. 정원은 멀찍이서 자신에겐 시선 한 점 주지 않는 가족들의 모습을 망연히 쳐다보았다.

*

큰아빠는 안리가 현재 매우 심약한 상태임을 강조하면서도 정원에겐 상처가 어떻느냐 한마디를 묻지 않았다. 이마를 세 바늘 꿰매는 동안 옆을 지켜준 건 큰엄마도 큰아빠도 아닌, 서은석이었다.

"어쩌겠냐. 리가 이제는 도무지 못 참겠다는데."

큰아빠가 학교 근처 오피스텔 주소가 적힌 포스트잇을 내밀며 한 말이었다. "나는 너희 둘이 잘 지내는 줄 알았는데 말이야." 이 부분에서 책망의 기색마저 느꼈다면, 정원의 피해의식인 걸까?

"안리가 그렇게 선수를 치면요, 더 오래 참은 저는 뭐가 돼요? 저는 다 참았단 말이에요. 참아서는 안 되는 것들까지 다 참기로 했다고요."

정원이 제어를 잃고 울먹거리기 시작했다.

"신축이라 지내기엔 나쁘지 않을 거다. 물론 다달이 생활비도 줄 거야."

"저는 다…… 묻으려고 했는데."

"대학에 가겠다면 학비도 내줄 테니……. 그런 건 걱정 말……."

"억울해요, 억울해 미치겠다고요!"

순간 제어를 잃은 건 정원뿐만이 아니었다. 갑자기 돌변한 큰아빠가 버럭버럭 소리를 지르기 시작했다.

"그러게 누가 이 지경이 될 때까지 참으래!"

정지음

"뭐라구요?"

"여편네고 딸년이고, 이제는 조카 새끼까지……! 너희들은 내가 우스워? 니들이 방구석에서 돈만 써 재낄 때, 밖에서 쌔가 빠지라 벌어 온 게 누구라고 생각하는 거냐?"

정원은 더 이상 참담할 수 없을 만큼의 참담함을 느꼈다.

"너 그렇게 음침한 것도 병이야. 우리라고 너랑 사는 거 쉽지 않았다. 리도, 나도, 큰엄마도 너한테 할 만큼 했어! 네가 사람이면 우리 탓을 할 수는 없는 거야!"

"진심이세요?"

"참아? 하, 되바라진 새끼야. 그렇게 억울하면 나가! 나가서 참지 말고 네 멋대로 살아."

그걸로 끝이었다. 얼마 되지도 않는 정원의 짐은 이삿짐 센터 직원들에 의해 쓰레기 한 톨까지 전부 오피스텔로 옮겨졌다.

정원은 얼마 후, 고등학교를 자퇴했다.

*

정원이 안리를 다시 만난 것은 그로부터 1년 후의 겨울이었다.

그날은 아침부터 징조가 좋지 않았다. 새벽 내내 퍼붓고도 그칠 줄 모르는 눈 때문에 대설주의보와 한파경보가 한꺼번에 발령되어 있었다. 도로 사정은 버스가 제대로 다니지 못할 정도로 나빴다. 정원은 하는 수 없이 알바 장소인 편의점까지 내리 한 시간을 걸었다. 엎친 데 덮친 격으로, 출근 후 유니폼을 걸치자마자 열이 끓기 시작했다. 며칠 동안의 몸살 기운을 꿋꿋이 무시한 대가인 듯싶었다.

두통에 시달리다 손님이 내민 콘돔을 계산하려 고개를 들었을 때였다. 계산대 앞에 눈을 둥그렇게 뜬 서준희가 있었다. 뒤늦게 들어와 그의 팔짱을 끼고 선 여자가 바로 안리였다.

"헐. 이거 안정원이잖아?"

"카드나 줘."

"정원아…… 왜 연락 안 줬어. 우리 아빠도 네 소식 엄청 기다리시던데. 잘 지내고 있는 거야?"

서준희가 카드를 되돌려주는 정원의 손을 덥석 잡았다. 정원은 자신도 모르게 그 손길을 거세게 쳐냈다.

"나 이러고 지내. 됐지?"

"너 어디 아파? 손이 엄청 뜨거워."

정지음

평소엔 지나치게 들끓던 손님들이 지금은 한 명도 들어와 줄 기미가 없었다. 당연했다. 어찌 보면 이렇게 궂은 날 돌아다니고 있는 이 머저리들이 더 비정상이었다.

"영수증 필요해?"

힘없이 중얼거리자, 안리가 그까짓 게 뭐 대단한 농담이라도 된다는 양 까르르 웃음을 터트렸다.

"편순이 다 됐네. 야, 너 이거 언제 끝나?"

"한…… 열 시간 후."

그러나 하늘이 무심하게도, 그 순간 교대 알바가 요란한 인사와 함께 등장해 버렸다.

"정원 언니, 이제 가! 언니 아프대서 나 빨리 왔지롱!"

참으로 불편한 순간이었다. 견디기 힘든지 서준희가 안리를 잡아끌기 시작했다.

"리야, 정원이 많이 아픈가 본데 다음에 다시 오자……."

하지만 안리는 요지부동이었다.

"다음? 다음에 얘한테 낼 시간이 어디 있어. 마주친 김에 노는 거지. 나 자기랑 눈싸움하는 사진 올리고 싶어. 안정원, 네가 찍어 줄 거지?"

정원은 교대 알바의 호기심 왕성한 시선이 부담스러워 고개를 끄덕이고 말았다.

*

10분을 걸었다. 대로변을 벗어나 산길 같은 오솔길에 접어들었는데도 안리가 호언장담하던 눈싸움 명소는 나오지 않았다. 10분을 더 걸었다. 눈싸움 명소는 여전히 등장할 기미도 보이지 않았다. 정원은 당장 쓰러져도 이상하지 않은 몸으로 눈 쌓인 언덕배기를 기듯이 오르는 중이었다. 새삼 자기가 또 속았음을 실감했다. 애초에 이 땅값 미친 서울에 눈싸움 명소처럼 한가한 스폿이 있을 리 없었다. 분연히 차오르는 화로 인해 두통과 열감이 한층 심해졌다. 척척하게 젖은 채 얼어붙은 다리는 진작부터 감각이 없었다. 정원은 천천히 뒤쳐졌다. 멀리서 안리와 서준희가 주고받는 고함이 아득하게 들려왔다.

"리야! 거기 찻길이야!"

"뭐 어때. 차도 없는데!"

흰토끼마냥 새하얀 모피와 털모자를 걸친 안리는 힘든 기색도 없이 도로 여기저기를 뛰어다녔다. 핸드백과 롱부츠까지 흰색인 걸 보니 제 딴에는 눈 소식에 맞춰 기분을 낸 모양이었다.

"위험해! 이리 오라니까!"

정지음

"싫-어! 자기가 와!"

긴 머리칼이 눈보라의 결대로 나부끼며 자꾸만 시야를 가렸다. 대낮임에도 사위가 어두워 그야말로 정신이 하나도 없었다. 문득 바람 소리가 자동차 엔진 소리처럼 들린다는 생각이 들 때였다.

저 멀리 회색빛 잔눈발 사이로, 안리가 날아가고 있었다.

*

"아가씨, 우리 지금 CCTV도 없고, 눈 때문에 바퀴 자국도 뭣도 없어. 기댈 데가 아가씨 기억뿐이야. 응? 다시 잘 좀 떠올려 봐요."

"CCTV가…… 없다…… 고요?"

정원은 조사실에 들어온 이래 처음으로 관심다운 관심을 보였다.

"원래 있었는데, 교체 한답시고 떼 놓고 다시 달아 놓질 않았답니다. 새 CCTV 달기 직전에 이 사달이 나 버린 거고."

"하, 운도 좋네요."

형사가 맹한 눈빛으로 피식 웃는 정원을 바라보았다. 정원은 유가족다운 처연한 낯빛으로 덧붙였다.

"뺑소니범, 운이 좋다고요."

"그니까 먼저 간 아가씨 한을 풀어 줘야지. 어떻게 기억이 좀 나요?"

"트럭, 트럭이었어요."

"확실해? 색깔은?"

"파란 색 트럭……."

"덤프 같은 건 아니고, 포터란 말이죠. 번호판은? 떠오르는 숫자 있습니까?"

"……아뇨, 번호판은 못 봤어요. 워낙 순식간이었고 눈발이 거세서……."

형사가 거센 한숨을 쉬었다. 벌써 한 시간째 이어진 조사였다. 한 시간 내내 '파란 트럭' 외에는 수확이 없었다. 더 이상 물어볼 것도 없는지 형사가 타령 같은 하소연을 했다.

"하이고오, 이 겁대가리 없는 아가씨들아. 그러니까 왜 그런 날 눈싸움 같은 걸 해서느은."

"제가 하자고 한 거 아니에요."

"지금 그게 중요해? 자, 다시 봐요, 가해 트럭이 피해자들을 뒤에서 들이받았다고. 서준희란 남학생도 치이자마자 기

절하는 바람에, 그 차를 본 사람이 안정원 씨밖에 없다 이 말
이야. 그런데도 번호판이 생각 안 나?"

"네, 애석하게도 전혀요……."

"허이참, 귀신이 곡할 노릇이야. 우리가 범위를 넓혀서도
보고 있단 말이죠. 그런데 눈알이 터져라 봐도 그 시간에 그
길을 지나갈 법한 파란 트럭은 없어."

*

안리가 죽었다. 서준희는 죽지 않았다.

안리는 죽었고, 서준희는 자기만 죽지 않아서 미쳐 가고
있었다. 큰엄마는 범인이 잡힐 때까지 장례식을 치를 수 없
다고 울부짖었다. 참 시끄럽고도 안타까운 요구였다. 그 말
대로라면 장례식은 영원히 거행되지 못할 텐데. 정원은 차로
사람을 치고도 감옥에 가지 않은 이웃들의 무용담을 즐기는
큰엄마의 모습을 몇 번이나 본 적이 있었다. 큰엄마는 결국
버티지 못하고 괌으로의 도피를 택했다. 이번에도 큰아빠와
협의된 여정은 아닌 듯했다.

큰아빠는 유령 같은 얼굴로 하염없이 영화를 찍으러 다녔다. 그를 직접 만날 순 없었지만, 기사 사진만으로도 얼마든지 넋 빠진 낯짝을 감상할 수 있었다. 두 번째 상실 또한 첫번째만큼 유효할 것인가? 정원은 부디 딸의 죽음이 동생의 죽음보다 유용하게 쓰이길 빌어 주었다. 큰아빠는 이참에 진정한 거장이 되려는지, 촬영할 때 외에는 작업실에 틀어박혀 꼼짝하지 않았다. 거느리던 애인들도 싹 정리했다는 게 요즘 자주 전화를 걸어 오는 서은석이 전해 준 근황이었다. 서은석은 정원 마저 어떤 식으로든 잘못될까 봐 전전긍긍했다. 서준희도 괜찮지 못한 와중에, 자신까지 챙기는 서은석을 볼 때면 정말로 그와 가족이 되고 싶어졌다. 정원은 서준희에 대한 병문안만큼은 망설이지 않았다. 이상하게도 서준희를 만나러 가는 날이면, 그 옛날 큰아빠의 고함이 떠오르곤 했다. 참지 말고 네 멋대로 살아! 정원은 그때 감사하단 대꾸를 바로 하지 못한 게 못내 아쉬웠다.

*

각자 살아가는 동안, 1년이 지났다. 그리고 오늘은 드디어 안리의 첫 번째 기일이었다. 정원은 오랜만에 큰아빠와 큰엄

정지음

마를 만나기 위해 '집'으로 향했다. 서준희에게 동행하겠느냐 물었지만 오늘은 가족끼리 보는 게 좋겠다는 사양이 돌아왔다. 가족이라……. 정원은 그 까끌한 단어를 입속에서 마음껏 굴려 보았다. 돌이켜 보면 결국 안리 부모에 불과한 사람들이었다. 그러나 안리가 사라진 지금은 영원한 안리의 것도 없었다.

"못 뵌 사이 왜 이렇게 야위셨어요, 두 분마저 잘못되시면 저는 어떡하라고요."

정원은 큰아빠와 큰엄마의 손을 부여잡고 눈물을 흘렸다.

"큰아빠 큰엄마 우리 그냥 여기서 같이 살아요. 이 집에서도 얼마든지, 예전처럼 행복해질 수 있을 거예요."

눈물도 호소도 거짓말이었지만, 충분했다. 이것이야말로 거짓말만 치는 사람들의 맹점이었다. 그들은 거짓말이 자신에게만 허용된 특권인 줄 안다. 거짓말이란 이렇게나 공평한 재화인데도.

"지금 보니 너희 둘, 정말 친자매처럼 닮았구나. 아까 네가 걸어오는데 나는 리가 살아 돌아온 줄 알았다."

"향기마저 그 애 같아."

어느새 큰아빠와 큰엄마도 함께 눈물을 흘리고 있었다.

닮아 보이는 건 당연했다. 정원이 지금 몸에 걸친 것들은 옷과 장신구, 스타킹과 향수까지 모두 안리의 방에서 골라잡은 것들이었다. 정원은 그들의 얕은 감상이 우스워 살며시 미소 지었다.

"잘할게요, 제가 잘할게요."

신기하게도 정원은 정말 모든 걸 잘할 수 있을 것 같았다. 평생 서준희의 낫지 않는 상처를 돌보는 일도, 큰아빠와 큰엄마에게 안리의 상위호환이 되어 주는 일도, 안리와 비슷한 얼굴로 결국 모두의 안리를 지워 버리는 일도, 그 어느 때보다 잘할 자신이 있었다.

정원은 테라스로 통하는 유리창을 활짝 열었다. 한겨울 칼바람이 따뜻한 실내로 훅 끼쳐 왔다. 이 집의 존재 가치는 정원일 뿐인데도 아름답던 마당은 1년 새 엉망이 되어 있었다. 가드닝이 맘처럼 안 될 때면 큰엄마는 땅을 욕했다. 흙이 좋지 않다며 온갖 볼멘소리를 퍼부었다. 그러나 세상에 꽃을 피우지 못하는 흙은 없었다. 꽃을 피우지 못하는 계절만이 있을 뿐이었다. 언젠가 이 집의 안뜰은 다시 아름다운 꽃밭이 되리라. 정원은 스스로 이뤄 낼 예언을 했다. 시간이 흘러 큰엄마, 큰아빠도 죽고, 정원이 진정 이 집의 주인이 된다면

정지음

그녀의 사계절은 영원한 봄으로 귀결될 것이었다.

정원은 평생 궁금했었다. 안리를 편애하는 신이 나에게만
내어 준 한 조각이 있을까? 그런 게 존재하기는 하는 걸까?
정원이 비로소 찾은 답은 '시간'이었다. 안리에게는 단 1초
도 없겠지만 정원은 아니었다. 살아서 움직이며 말하고 웃을
수 있는 무수한 날들이 정원을 기다려 주고 있었다.

마지막 인사를 건네기 위해 안리의 방으로 향했다. 문을
열자마자 커다란 액자가 보였다. 거대한 사각 프레임 속에
활짝 웃는 그 애의 사진이 박제되어 있었다. 가여운 안리, 스
무 살 겨울에 평생 갇힌 안리. 이제 언제나 동생일 안리에게
정원은 참아 왔던 귓속말을 했다.

"그랜드 스타렉스, 72머 3284."

　작가의 말이란 걸 제대로 써 본 적이 없어 무엇을 적어야 할 지 모르겠습니다. 그래도 이야기에 대한 이야길 해 보자면, 이 소설은 원래 문예창작과 시절 졸업작품집으로 꾸렸던 것입니다. 결말을 빼곤 살릴 수 있는 부분이 없어 전부 새로 썼습니다. 오랜만에 10여 년 전 초고를 훑으며 부끄러움에 떨었지만, 부끄러움은 발전의 증거라 믿기에 결국은 즐거웠습니다.

　에세이와 소설 중 무엇이 더 어렵게 느껴지냐는 질문을 자주 받습니다. 예전엔 잘 모르겠다고 생각했는데 지금은 단연코 소설이 더 어려운 것 같습니다. 제 삶은 쉬운데 제가 만든 캐릭터의 삶은 왜 이리 어렵게 느껴질까요? 답을 찾기 위해 앞으로도 정진하는 작가가 되겠습니다. 감사합니다.

없는 사람

전건우

설득보다 속이는 게 쉽고, 속이는 것보다 죽이는 게 더 편하다.

*

나는 수강생에게 종종 이런 말을 한다.

"소설에서는 첫 문장이 중요합니다. 장르 소설은 특히 더 그래요. 요즘 독자는 자극에 민감해서 뻔한 날씨 이야기나 늘어놓고 있으면 바로 책장을 덮습니다. 사설이 길면 쳐다보지도 않아요. 그러니 다짜고짜 사람을 죽이고 시작하세요."

내 농담에 수강생은 대부분 웃음을 터트린다. 다른 이를 웃긴다는 건 꽤 뿌듯한 일이다. 물론 내 주특기는 누군가를 무섭게 만들거나 긴장하게 만드는 것이기는 하지만.

소설을 쓰기 시작한 지 어느덧 15년이 흘렀다. 나와 비슷한 시기에 데뷔했던 동료 중에 여태 소설가로 살아남아 있는 이는 한 손에 꼽을 정도다. 나는 비교적 운이 좋았다. 초기의 몇몇 작품이 스테디셀러가 되면서 이름을 알렸고, 그 덕분에 일찌감치 가르치는 일을 시작하게 되었으니까. 그러고 보니 글 선생으로 밥벌이를 한 지도 꽤 되었다. 내 밑에서 소설을 배우고 등단하거나 수상한 이도 제법 된다. 그들의 공통점은 한 가지였다. 배움을 충실하게 따른다는 것. 즉, 첫 문장부터 신경을 쓴다는 의미인데 그런 점에서라면 'L'도 싹수가 제법 보였다.

'설득보다 속이는 게 쉽고, 속이는 것보다 죽이는 게 더 편하다'는 L의 소설 「없는 사람」의 첫 문장으로, 내 기준에서는 꽤 괜찮았다. 호기심을 자아내면서도 전체 이야기의 핵심까지 건드리고 있었으니까. 내가 그 점을 칭찬하자 L은 아무런 표정 없이 고개만 끄덕였다. 마치 예상했다는 듯.

L은 좀 특이한 인물이었다.

전건우

*

소설가는 타고난 거짓말쟁이다. 자칫했으면 사기꾼이나 국회의원이 되었겠지만, 다행히 잘 풀려 소설가가 되었다.

이건 내가 자주 써먹는 농담이고 타율도 높은 편인데 L은 전혀 웃지 않았다. 단상 앞에 서면 한 사람 한 사람의 표정이 다 보인다. 그들은 모르겠지만.

*

"저는 소설을 처음 써 봅니다. 잘 부탁드립니다."

L은 첫 수업 때 그렇게만 자기를 소개했다. 직업이며 앞으로의 각오 같은 걸 떠들어 대는 다른 수강생과는 달랐다. L의 첫인상은 그리 좋지 않았다. 고집스러워 보였다. 골방에 틀어박혀 인터넷으로 얻은 지식이 다인 줄 아는 자기만의 세계에 빠진 소설가 지망생을 종종 만나는데 L도 그런 분위기를 풍겼다. 이런 부류는 수업을 듣고 배우려 하기보다 자기가 아는 걸 뽐내는 데 급급하다. 과제도 열심히 하지 않는다. 당연히 그럴 수밖에. 소설이란 자기 경험 안에서 썼을 때 생동감을 띠게 되니까. 인터넷에 떠도는 어려운 문학 용어 같

은 것들은 아무런 도움도 안 된다. 그걸 외울 시간에 차라리 아르바이트라도 하는 게 낫지.

L에 대한 선입견이 깨지기까지는 그리 긴 시간이 걸리지 않았다. 첫 번째 과제로 내 준 시놉시스 쓰기에서부터 L은 꽤 괜찮은 솜씨를 보였기 때문이었다. '없는 사람'이라는 제목부터 흥미를 끌었는데 내용은 더 재미있었다.

살인마인 한 남자가 있다. 그에게 살인은 가장 간단한 문제 해결 방식이다. 그는 여러 지역을 옮겨 다니며 사는데 한곳에서 다른 곳으로 이동할 때마다 살인을 저지른다. 자신과 조금이라도 관계를 맺은 모든 이들을 죽이는 것이다. 그렇기에 그 누구도 남자를 알지 못한다. 그야말로 없는 사람이 된다.

나는 다짜고짜 살인을 일삼는 남자 캐릭터가 마음에 들었다. 남자에게는 거창한 이유도, 과거의 트라우마 따위도 없다. 그저 필요에 따라 묵묵히 살인을 행할 뿐이다.

비록 시놉시스이기는 했지만 건조하고 무뚝뚝한 전체적인 분위기가 잘 살아 있었다. 이대로만 쓸 수 있다면 제법 괜찮은 장르 소설이 나올 것 같았고, 나는 그 말을 더해 피드백을 줬다. L은 바로 답장을 보내왔다. 이메일에 적힌 내용은 간단명료했다.

─ 감사합니다.

전건우

내 수업은 8주 과정이다. 그 안에 장르 단편소설 한 작품을 완성하는 게 목표다. 초보자에게는 꽤 빡빡한 일정이라 할 수 있지만 내 생각은 조금도 변함이 없다. 8주 안에 뭔가를 완성하지 못하면 평생 단편 하나 써 낼 수 없다.

물론 모든 수강생이 이 과정을 따라오는 건 아니다. 과제를 제때 제출하지 못하면서 조금씩 도태되는 경우도 있고, 어느 날 갑자기 수업에 나오지 않는 경우도 종종 있다. 반면 성실히 수업을 듣고 우직하게 과제를 제출해 분명한 성과를 내는 부류도 제법 된다.

L은 명백히 후자 쪽이었다. 그는 강의실 맨 뒷자리에 앉기는 했지만 한 번도 늦는 법이 없었고, 딴짓도 안 했다. 늘 무표정하긴 했지만 그렇다고 내 말을 흘려듣는다는 느낌은 없었다. 실제로 L은 정해진 요일에 가장 먼저 과제를 제출하는 수강생이었다. 과제는 그 주에 쓴 분량만큼을 정리해서 내게 이메일로 보내는 것인데 L의 글은 상당히 재미있어 다음 이야기가 기대될 정도였다. 그는 특히 묘사 솜씨가 좋았다. 거기에는 군더더기 없는 문장도 한몫했다. 단문의 가치를 폄훼하는 작가도 있는데, 나는 단문이야말로 문장의 정수이

자 이야기를 가장 정확하게 전달할 수 있는 방법이라 생각한다.

L의 문장은 짧은데도 리듬감이 있어 읽는 맛이 좋았다. 그런 문장을 겹겹이 쌓아 묘사의 층을 만들어 갔다. 예를 들면 이랬다. 다른 이라면 그냥 '칼로 찔러 죽였다' 정도에서 끝낼 텐데 L은 거기서 더 깊이 들어갔다. 무슨 종류의 칼이었는지, 손잡이를 잡을 때의 촉감은 어땠는지, 칼날이 피부를 뚫는 순간의 느낌은 무엇과 비슷했는지 같은 것들을 특유의 건조하고 단단한 문장으로 '전시'했다.

솔직히 말하자면 나는 L의 작품, 「없는 사람」이 무척 마음에 들었다. L은 재능이 있었다. 그리고 난 그 재능이 부러웠다. 훔치고 싶을 만큼.

*

신작을 발표하지 못한 지 벌써 햇수로 3년이 되어 간다. 더욱 슬프고 괴로운 것은, 내가 신작을 내건 말건 그 누구도 관심을 가지지 않는다는 점이었다.

전건우

                                *

　도저히 믿을 수 없었다. L의 「없는 사람」은 나날이 좋아졌다. 작품 속 남자는 갈수록 생동감을 더해 현실에서도 이런 사이코패스 연쇄 살인마가 돌아다닐 것 같았다. 반대로 L이라는 인간은 몇 주가 지나도 파악하기 힘들었다. 소설을 처음 써 본다고 하는데 플롯을 짜는데 미숙한 구석이 있어도 나머지는 거의 완벽에 가까웠다. 특히 캐릭터가 뿜어내는 박진감이 엄청났다. 지금껏 수많은 작품을 읽어 온 내가 소름 돋을 정도로. 그렇기에 믿을 수 없었고, L에 관해 더 많은 걸 알고 싶었다.

　하지만 L은 과제 제출을 할 때도 일절 사적인 얘기는 하지 않았다. 다른 수강생이 시시콜콜 떠들며 나와 친근감을 유지하려는 것과는 분명 달랐다.

　－과제 제출합니다.

　L이 보내오는 이메일 내용은 항상 같았다. 나는 그가 꽤 무뚝뚝한 인물이고 낯가림이 심하며 주로 혼자 지내리라고 짐작만 할 뿐이었다. 한 가지 확실한 건 지금 이 수준으로 「없는 사람」을 완성하게 된다면 당장에라도 등단이 가능하리라는 사실이었다. 장르 문학잡지에 투고하면 바로 실리게

될 것이고, 어딘가의 공모전에 응모하면 대상은 떼 놓은 당상이었다. 잘만 풀린다면 단편임에도 불구하고 영상화 판권이 팔릴지도 모른다.

타고난 천재가 있다면, 그건 바로 L일 것이다.

*

수업이 끝난 후 L을 따로 불렀다. 작품에 관해 이야기할 게 있다고 했더니 L은 기꺼이 남았다. 넓은 강의실에 나와 L만 앉아 잠시 서로를 바라봤다. 이미 꽤 늦은 시간이었다. 나는 아무렇지 않은 듯, 그저 담소나 나누는 것처럼 가벼운 태도로 물었다.

"이 작품을 다른 사람한테도 보여 줬어요?"

"아닙니다."

L은 무표정하게 대답했다.

"잘하셨어요. 완성 전에는 이곳저곳 보여 줄 필요가 없습니다. 완성한 후에야……."

"그럴 생각 없습니다."

"네?"

나는 뜻 모를 말을 하는 L을 가만히 쳐다봤다. L 역시 나를

봤는데 그 눈은 깊고 어두워 도무지 의중을 알 수 없었다. L
이 말했다.

"완성해도 저만 가지고 있을 겁니다. 누구에게 보여 주려
고 쓰는 게 아닙니다."

"무슨 소립니까? 소설이라는 건 타인에게 읽힐 때 비로소
존재의 의미를 가지는 거죠. 게다가 이 작품은 그냥 묵혀 두
기에는 너무 아까워요. 어디 내놔도 주목을 받을 거란 말입
니다. 그 정도로 훌륭해요! 진심입니다. 그러니……."

나도 모르게 열변을 토하다가 너무 나간 것 같아 말을 멈
췄다. 그러고는 나를 빤히 보는 L을 향해 재빨리 둘러댔다.

"물론 작품을 어떻게 할 건지는 전적으로 작가에게 달렸
죠. 게다가 아직 완성한 것도 아니니 천천히 생각해 보셔도
될 겁니다."

"알겠습니다."

L은 그 말을 끝으로 일어났다. 순간 「없는 사람」에 대한 내
복잡한 마음을 들킨 것만 같아 민망했다. 나는 어색한 미소
를 지어 보이며 속내를 애써 감췄다.

"그럼 조심히 들어가세요."

내 말에 L은 꾸벅 인사를 한 후 강의실 문으로 향했다. 나
는 주섬주섬 가방을 챙겼다. 그때였다. L의 목소리가 들려온

것은.

"제 작품이 그렇게 괜찮습니까?"

고개를 들어 L을 바라봤다. 문 앞에 선 그의 얼굴에 처음으로 표정 비슷한 게 떠올라 있었다. 그건 미소였다. 희미하기 짝이 없는, 그야말로 사춘기 소년이나 지을 법한 그런 미소.

*

소설가는 거짓말에 능숙해야 한다. 그래야 없는 이야기를 지어내고 세상에 존재하지 않는 캐릭터를 창조할 수 있다.

*

아끼고 즐겨 쓰던 만년필을 잃어버렸다. 등단 10주년 기념으로 특별 제작해 내 이름까지 각인해 넣은 제품인데 없으니 허전하다. 어디서 잃어버린 건지 도무지 기억나지 않는다.

*

수업은 어느덧 6주 차로 접어들었다. 그사이 나는 L에 관

전건우

해 몇 가지 정보를 얻었다. 그의 직업은 미장공이었고, 사는 곳은 마포구 쪽이었다. L의 개인 정보를 아는 건 그리 어렵지 않았다. 문화센터 사무실에 가서 약간의 거짓말을 하는 것으로 충분했다.

"수강생 한 명에게 개인적으로 조언을 좀 해 주고 싶은데 혹시 수강 카드를 볼 수 있을까요?"

L의 주소로 검색을 해 보니 원룸 건물이 나왔다. 문화센터에서 그리 멀지 않은 곳이었다. 가족 없이 혼자 산다는 것쯤은 충분히 짐작할 수 있었다. L은 친구도 별로 없을 듯했다. 기본적으로 타인과 거리를 두는 쪽이었다, L은. 미장공이 무슨 이유로 소설 쓰기에 관심을 가지게 되었는지 모르겠지만 그게 중요한 건 아니었다. L이 자기 작품의 가치를 모르고 그다지 중요하게 생각하지 않는다는 것, 내가 주목하는 사실은 그 하나였다.

*

'라이터스 블록'이라는 게 있다. 벽에 막힌 듯 글을 쓸 수 없게 되는 걸 말한다. 인정하기 싫지만 나도 거대하고 단단한 벽에 가로막혀 있다. 소설을 쓰려고 컴퓨터를 켜면 머릿속이 멍해진다. 아무런 단어도 채워 넣지 못한 문서 프로그램이 몇 시간이고 저 혼자 깜빡인다. 그걸 보고 있자면 오싹해진다. 다시는 글을 쓸 수 없게 될 것만 같아서.

나도 한때는 기발한 상상력과 넘치는 의욕으로 왕성하게 활동하던 시기가 있었다. 불과 4년 전까지만 해도 매년 장편한 권 정도는 냈다. 그런데 지금은 거짓말처럼 창작의 샘물이 말라 버렸다. 수강생 앞에서는 조금씩이라도 매일 써야 한다고 강조하지만 정작 나는 한 글자도 제대로 못 쓴 지 꽤 되었다.

장르 소설 바닥에서는 신작을 내지 못하면 금세 잊힌다. 독자에게는 굳이 내가 아니고라도 대안이 많다. 신인도 계속 튀어나온다. 마흔 중반의 중견 소설가가 과거의 영광만 믿고 느긋하게 작품을 내서는 살아남을 수 없다. 신작을 발표하지 못하면 제일 먼저 독자가 잊고, 다음은 출판사 관계자가 잊는다. 마지막까지 남는 건 실패한 소설가의 알량한 자존심뿐이다. 나는 그런 자존심만으로 살아가기 싫다.

*

꿈을 꿨다. 「없는 사람」이 크게 주목받아 인터뷰하는 꿈이

전건우

었다.

꿈을 꾸고 일어난 후 나는 조금 울었다.

*

「없는 사람」은 이제 결말을 향해 달려가고 있었다. 여전히 박진감이 넘쳤고 리얼리티가 살아 있었다. 사이코패스 살인마에게 묘한 동질감을 느끼는 자신을 발견했다. 그건 남자 캐릭터가 그만큼 생생하다는 뜻이었다. 목적을 위해서라면 살인 따위 서슴지 않는 그 남자가 멋있어 보였다.

7주 차 수업이 끝난 후 L을 미행했다. 다소 충동적인 미행이었다. 강의를 마치고 밖으로 나오니 L이 막 길을 건너는 중이었다. 나는 지하철역으로 향하는 대신 L의 뒤를 따랐다. 왜 그랬는지는 모르겠다. 강의실 밖에서 L은 어떻게 행동하는지, 그게 궁금했던 건지도 모른다. L은 집으로 향하는 듯했다. 주위를 둘러보지도 않고 일정한 보폭으로 뚜벅뚜벅 걸어 주택가 골목으로 접어들었다. 덕분에 미행은 쉬웠다. 적당히 거리를 두고 L을 따라가면 그만이었다. 들키지는 않으리라는 확신 비슷한 게 있었다. 설령 들킨다 해도 둘러댈 거짓말이야 금세 만들어 낼 수도 있었다.

L은 곧장 집으로 들어가는 대신 골목 입구에 있는 편의점에 들렀다. 그가 뭘 사는가가 궁금했지만 편의점까지 따라 들어갈 수는 없었다. 나는 전봇대 뒤에 숨어 잠시 기다렸다. 그러고 있자니 미행에 익숙한 베테랑 형사라도 된 것 같아 피식 웃음이 나왔다. 얼마 후 편의점에서 나온 L은 흰색 봉투를 들고 적갈색 벽돌 건물로 향했다. '시크릿 플레이스'라는 이름의 원룸, 그곳이 L의 거처였다.

나는 503호의 불이 켜지는 것까지 보고서 돌아섰다. L은 혼자 사는 게 분명했다. 그가 없어진다면, 찾는 이가 한 명이라도 있을까?

*

원룸 이름이 시크릿 플레이스라니, 꽤 의미심장하다.

*

오랜만에 동료 작가와 밥을 먹었다. 늦은 점심이었다. 그는 내게 며칠 전 출간했다며 신작 장편소설 한 권을 내밀었다. 제목만으로도 내용을 다 짐작할 수 있는, 표지만 그럴싸

전건우

한 추리 소설이었다. 아마 상투적인 내용과 문장으로 가득하겠지.

"축하한다."

나는 상투적인 말로 축하의 인사를 건넸다.

"추리 소설은 네가 전문이잖아. 읽고 신랄하게 평 좀 남겨 줘."

그가 말했다. 말은 그렇게 했지만 진짜 신랄한 평을 듣는 다면 대번에 화를 낼 인물이었다. 원래 그는 호러 장르의 소설을 써 왔다. 본격 추리 소설은 첫 도전인 셈이었다. 나는 그에게 추리 소설을 써 보니 어렵지 않았는지 물어봤다.

"뭐, 소설 쓰는 거 어려운 건 다 똑같지. 추리 소설이라고 더 어렵고 그런 건 없더라고. 연쇄 살인 좀 나와 주고, 트릭 몇 개 넣어 주고 그러면 끝나는 것 아냐? 크크."

나는 하고 싶은 말이 많았지만 꾹 참았다. 해당 장르에 대한 지식과 존중 없이 마구 써 대는 이런 유사 소설가가 요즘에는 넘쳐 난다.

"다음엔 내가 호러를 한번 써 봐야겠어."

비꼬는 투로 말했지만 그는 알아듣지 못했다.

"그런데 너 그 뉴스 들었어?"

그가 삼계탕 국물을 뜨다 말고 대뜸 물었다.

"무슨 뉴스?"

"마포구에 연쇄 살인 발생했다는 뉴스. 벌써 셋이나 죽었는데 경찰은 동일범의 소행으로 보고 있대. 추리 소설 쓰다 보니까 이제 이런 뉴스만 봐도 영감이 떠오르고 막 그러더라니까!"

그는 뉴스에서 소재를 얻는 게 얼마나 좋은 일인지 한참을 더 떠들었다. 그 방법을 가르쳐 준 게 나라는 사실은 까맣게 잊은 모양이었다.

밥을 다 먹고 헤어지기 전 그가 말했다.

"너도 이제 슬슬 신작 발표해야지."

"안 그래도 곧 나올 거야."

나는 그렇게 대답하며 웃었다.

동료 작가와의 불쾌하고 불편한 식사를 끝내고 집으로 돌아와 바로 뉴스를 검색했다. 검색창에 '마포구'만 쳤는데도 '연쇄 살인'이 연관 검색어로 떴다. 정말로 세 명이나 죽었다. 둘은 여성이고 한 명은 남성이었다. 셋 사이의 접점은 없었지만 칼을 이용한 살해 수법이 동일해 경찰은 연쇄 살인으로 보고 있었다. 기사에서 얻을 수 있는 정보는 그게 다였다. 분명 더 많은 단서가 있을 텐데 경찰이 발표를 안 한 모양이었다. 단순히 세 건 다 칼을 사용했다는 것만으로 연쇄 살인이라 단정 짓지는 않았을 테니 말이다.

다소 흥미를 잃고 뉴스 몇 개를 더 훑었는데 마지막에 본 기사가 눈길을 끌었다. 다른 언론사와 달리 그곳에는 첫 번째 피해자인 여성의 직업이 공개돼 있었다. 죽은 여자는 미용사였다. 공교롭게도 「없는 사람」 속 남자가 제일 먼저 죽이는 사람 역시 미용사였다.

*

세상에는 수많은 우연이 존재한다. 어쩌면 삶 자체가 우연의 연속일지도 모른다.

*

L이 마감을 어겼다. 과제를 제출하지 않은 것이다. 처음 있는 일이었다. 결말만 쓰면 완성인데…….

나는 망설이다가 L에게 전화를 걸었다. 처음에는 받지 않다가 두 번째 걸었을 때 통화가 연결됐다.

"여보세요?"

전화로 듣는 L 목소리는 또 달랐다.

"저예요. 소설 수업하는."

내가 누구인지 밝히자 L은 "아." 하고 짧게 한마디를 했다. 나는 조심스레 물었다.

"바쁘세요?"

"지금 일하는 중입니다."

아닌 게 아니라 L은 약간 숨을 몰아쉬었다. 해 보지는 않았지만 미장일이 쉽지만은 않을 터였다. 육체노동이니까. 평생 컴퓨터 앞에 앉아 손가락만 놀린 나 같은 사람은 짐작할 수 없는 세계다.

"죄송합니다. 제가 방해했나 봅니다. 이만 끊을게요."

나는 서둘러 말했다.

"아닙니다. 거의 끝났습니다. 통화, 가능합니다."

L의 말투는 덤덤했다.

"아! 별건 아니고 이번 주 과제를 제출하지 않으셔서 무슨 일이 있는가 해서요."

"별일 없습니다."

"그런데 왜……."

나는 일부러 뒷말을 흐렸다. 성격이 급한 이는 그 공백을 참지 못해 서둘러 모든 걸 털어놓고, 그렇지 않은 이는 다음 말이 나올 때까지 하염없이 기다린다. L은 명백히 후자였다.

전건우

결국 내가 먼저 문장을 완성했다.

"과제를 제출하지 않은 겁니까?"

물론 L이 어떤 대답을 할 건지는 어느 정도 예상이 가능했다. 훌륭한 결말에 도달하는 건 행복한 결혼 생활만큼이나 어렵다. 특히 처음 소설을 쓰는 사람일수록 결말을 제대로 짓지 못해 방황하는 경우를 종종 봤다. L도 그런 이들과 그리 다르지 않을 거라고, 나는 생각했고 그랬기에 미리 대답도 준비해 뒀다. 기성 작가도 마침표를 찍기 전에 고민을 많이 한다, 그러니 너무 겁먹지 말고 일단 완성하는 데 목표를 두라. 뭐, 이딴 판에 박은 말들. 하지만 L은 전혀 다른 대답을 했다.

"이제 흥미를 잃었습니다."

"네? 흥미를 잃다니요?"

나는 진심으로 당황했다. 소설 쓰기에 누구보다 열심이었고, 반짝이는 재능을 보여 주던 L이었다. 그것도 내가 탐낼 만큼의 재능을…….

"저는 굳이 소설을 끝내지 않아도 미련이 없습니다. 그래서 다음 주 수업도 참석을 안 합니다."

"소설은 마지막 마침표를 찍었을 때야 비로소 가치가 생기는 겁니다!"

나도 모르게 목소리가 커졌지만 그걸 인식하지도 못했다. 휴대폰을 든 손에 힘이 들어갔다. 당황이 황당을 넘어 분노로 바뀌기까지는 몇 초도 걸리지 않았다. 흥미를 잃었다고? 소설을 얼마나 써 봤다고 그런 말을 하는 거지? 이렇게 무책임한 인간이 「없는 사람」 같은 작품을 쓸 자격이 있을까?

내 마음과는 상관없이 L은 여전히 차분한 목소리로 말했다.

"가치 있는 작품을 쓰고자 했던 건 아니었습니다. 전 그저 취미가 필요했고, 이번 취미는 제게 맞지 않다는 결론을 내렸습니다."

"그, 그러면 원고는 어떻게 할 겁니까?"

"지워 버려야죠. 이제 필요 없으니."

L의 말을 듣는 순간 피가 거꾸로 솟았다.

"그런 무책임한……."

"이만 끊겠습니다. 그동안 감사했습니다."

전화는 끊어졌다. 나는 한동안 휴대폰을 귀에 대고 있었다. 아무런 소리도 들리지 않았다. 적막했고, 막막했다. 분노에는 두 가지 종류가 있다. 끓어오르는 분노와 가라앉는 분노. 전자는 타인에게로 향하고, 후자는 자신에게로 향한다. 내 분노는 끝없이 가라앉아 심연을 헤매고 있었다. 그러면서 내면을 갈가리 찢어 놓았다. 상처가 났다. 아팠다. 통증은 펼

전건우

떡뿔떡 살아 날뛰며 나를 조롱했다.

왜 너는 그런 소설을 못 쓰는 거지?

왜 질투만 하는 거지?

응?

응?

응?

*

「없는 사람」을 다시 읽었다. 주인공 남자는 마지막 살인을
계획하는 동시에 떠날 준비를 마쳤다. 지금까지 다섯을 죽였
다. 모두 남자를 귀찮게 했거나 뒤를 캐려 했던 이들, 혹은 걸
림돌이 된 자들이었다.

마지막으로 죽이려는 상대가 누구인지는 아직 나오지 않
았다. 이야기가 딱 그쯤에서 멈췄으니까.

나는 아마 영영 그 상대를 알지 못할 것이다. L은 끝내 쓰
지 않을 테니까. 거기에 더해 「없는 사람」이 공개되는 일도
없을 것이다. L이 원하지 않으니까. 거기까지 생각했을 때
퍼뜩 한 가지 가능성이 떠올랐다. 그러고는 곧 말도 안 되는
일이라며 고개를 저었다.

*

　소설은 말도 안 되는 상상을 말이 되게끔 만드는 작업에서 시작한다.

*

　네 번째 희생자가 나왔다. 같은 범죄자의 소행이었다. 경찰이 연쇄 살인이라 단정한 데에는 이유가 있었다. 한 언론사가 그 이유에 대해 보도했다.
　이 살인마는 희생자의 신체에 독특한 시그니처를 남겼다. 안구를 적출하고 입을 꿰맨 것이다.

*

　"눈알 두 개를 모조리 빼낸 것은 나를 봤다는 사실을 잊으라는 의미고, 입을 꿰맨 것은 나의 존재를 발설하지 말라는 의미이다. 나는, 없는 사람이기 때문이다."
　L의 소설 「없는 사람」 속 한 부분으로 주인공 남자가 남긴 말이다.

나는 모니터에 소설을 띄워 놓고 멍하니 바라봤다. 입술을 잘근잘근 씹으면서. 우연이 반복되면 필연이 된다. 소설은 우연을 필연처럼 보이게 만들 때 성공한다. 그렇기에 독자는 우연이 난무하는 현실 세계보다 우연이라 생각했던 것들이 실은 하나로 엮인 소설 속 세계에서 안정감을 느낀다.

「없는 사람」은 그 지점에서 다른 소설과 궤를 달리했다. 이 작품에는 우연이 반복되지만 결코 필연으로 이어지지는 않는다. 남자에게 죽어 나가는 인물들은 처음부터 끝까지 자신이 왜 죽어야 하는지 모른다. 그들에게 남자는 우연히 마주한 재앙이나 다름없다. 바로 그 지점 덕분에 「없는 사람」은 무시무시한 에너지와 공포감을 선사한다. 우리의 현실과 지독하게 닮아 있으니까.

가만히 생각해 본다.

연쇄 살인과 「없는 사람」 사이의 닮은 점은 우연일까, 필연일까?

*

신문사에 있는 후배와 통화를 했다. 후배는 사회부 기자라 마포구 연쇄 살인 사건에 대해 잘 알고 있을 것 같았다.

"선배. 진짜 오랜만이네요. 건강은 괜찮아요? 3년 전인가 마지막으로 봤을 땐 두통이 심했잖아요."

후배는 기억력이 좋았다. 사근사근한 말투는 여전했다.

"두통은 지금도 약 먹고 있어."

어디 두통뿐일까. 신작을 써 내지 못하는 동안 불면증과 우울증까지 와 매일 수십 알의 약을 먹고 있다. 내가 다니는 정신과 의사는 모든 게 다 스트레스 때문이라며 소설 쓰기 외에 에너지를 발산한 뭔가를 찾아야 한다고 말했다. 소설가에게 다른 에너지가 있을 리 만무하다. 하나 마나 한 소리.

"오늘은 어쩐 일로 연락을 다 주셨습니까?"

"뭐 좀 물어보려고. 마포구 연쇄 살인 있잖아, 너 그 사건 잘 알고 있어?"

"그럼요. 제가 직접 취재 중인 걸요. 우리나라 대표 추리 소설가가 관심을 가질 정도면 역시 그 사건이 핫하긴 한가 봐요. 그래서 뭐가 궁금한데요?"

"피해자들 신상을 좀 알 수 있을까?"

"그건 개인 정보라 좀 곤란한데……."

"그럼 직업만이라도."

"그 정도는 괜찮겠네요. 제가 메모해 뒀던 거 찾아서 문자로 보내 드릴게요. 그런데 무슨 이유로 이 사건에 관심을 가

전건우

지실까……. 그것도 범인이 아니라 피해자 쪽에."

후배는 눈치도 빨랐다. 하긴 그러니 치열한 언론사 바닥에서 여태 살아남아 있는 거겠지.

"이번에 나오는 신작이 피해자 중심에서 서사가 진행되거든. 그래서."

나는 대충 얼버무리고 전화를 끊었다. 문자 메시지가 오기를 기다리는 동안 L과 「없는 사람」에 대해 생각했다. 누군가가 「없는 사람」이 왜 훌륭한 작품이냐고 묻는다면 나는 주저 없이 대답할 것이다.

현실감과 생동감이 살아 있기 때문이라고.

잠시 후 휴대폰으로 문자가 날아들었다. 한 번 호흡을 가다듬은 뒤 메시지를 확인했다.

- 첫 번째 피해자: 미용사

- 두 번째 피해자: 대학생

- 세 번째 피해자: 일용직 노동자

- 네 번째 피해자: 주부

비교해 볼 필요도 없다. 「없는 사람」의 내용은 이미 훤히 알고 있으니까. 마포구 연쇄 살인의 피해자 직업과 「없는 사람」 속에서 죽은 자들의 직업은 일치했다. 심지어 죽은 순서까지.

없는 사람

이제는 받아들일 수밖에 없다.

우연의 일치가 아니라는 사실을.

*

딱히 고민할 일은 아니었다. 경찰에 신고하면 될 터였고, 실제로 그러려고 했다. L이 8주 차 수업에 참석하기 전까지는.

L은 심지어 나보다 먼저 강의실에 와 앉아 있었다. 평소와 같이 맨 뒷자리에.

"아! 오셨군요. 잘하셨습니다."

당황한 티를 내지 않으려고 애쓰며 말했다.

"아무래도 완성을 하는 게 좋을 것 같았습니다."

L은 내게서 시선을 떼지 않은 채 중얼거렸다. 그는 다른 때와 달라 보이지 않았다. 단출하고 깔끔한 복장이었다. 다만 머리카락이 약간 지저분하게 자란 것도 같았다. 곧 나머지 수강생이 속속 도착해 L과의 대화는 더 이어지지 않았다. 다행이었다.

마지막 수업이기도 한 8주 차에는 퇴고에 대해 가르친다.

"퇴고란 다시 읽고 고쳐 쓰는 걸 말해요. 흔히 하는 오해가 아무리 엉망진창으로 써도 퇴고 과정에서 다 고치면 된다는 겁니다. 근데 그건 퇴고가 아니죠. 아예 초고를 다시 쓰는 거지. 소설 쓰는 건 사실 우리 인생과 무척 닮아 있어요. 살아가며 조금씩 고칠 순 있지만 처음부터 다시 시작하는 건 불가능하잖아요? 그러니 제일 중요한 건 초고 자체를 잘 쓰는 겁니다. 퇴고 과정이 짧으면 짧을수록 훌륭한 작품을 썼다고 생각하시면 돼요."

그때였다. L이 손을 번쩍 들었다. 지난 7주간 수업 내내 제대로 대꾸나 발표 한번 하지 않던 L이었다. 이번에는 실패했다, 당황한 표정을 감추는 일에.

"하실 말씀이라도?"

"다 썼는데 치명적인 오류를 발견했다면, 그래서 차라리 다시 쓰는 편이 나은 것 같다면 그런 때는 어떻게 해야 합니까?"

"어떤 치명적인 오류인지에 따라 다르겠지만, 저라면 그 오류만 제거한 뒤 어쨌든 원래 이야기를 이어 갈 것 같습니다."

내 대답이 도움이 되었을까? 알 수 없었다. L은 늘 그렇듯 무표정했으므로. 마지막 수업이라 각자 돌아가며 감상을 나눌 때도 L은 잠자코 있었다.

수업을 마치고 곧장 집으로 향했다. 긴장했던 탓인지 지독하게 피곤했다. 지금이라면 수면제 없이도 축 늘어져 잘 수 있을 것 같았다. 다행히 지하철에서는 금방 자리가 났다. 나는 앉자마자 차창에 머리를 기대고 눈을 감았다. 머릿속이 복잡했다.

L은 왜 수업에 나타난 걸까? 무슨 꿍꿍이가 있는 것인가, 아니면 단순히 마음이 바뀐 건가? 꿍꿍이가 있다면 그건 나에 관한 걸까? 설마 내가 무언가를 알아냈다는 사실을 L이 눈치챈 것일까?

여러 가지 의문은 곧 불안감으로 바뀌었다. 그리고 그 불안감은 또 하나의 의문이 되어 머리를 맴돌았다.

L이 연쇄 살인범일까?

*

소설은 자기의 과시욕을 채우기에 가장 좋은 수단이다.

*

미행이 붙었다. 집으로 이어지는 길고 어두운 골목을 지나는 동안 그 사실을 눈치챘다. 누군가가 일정한 간격을 두

전건우

고 따라오고 있었다. 내가 걸음을 빨리하면 그의 걸음도 빨라졌고, 내가 걸음을 늦추면 또 똑같이 보조를 맞췄다. 뒤를 돌아보고 싶었지만 용기가 나지 않았다. 그렇다고 순순히 집까지 안내할 수는 없었다. 나는 오른쪽으로 방향을 틀어 중간에 난 좁은 골목으로 들어갔다. 가로등 하나 없는 그 골목은 그야말로 껌껌하기 짝이 없었다. 무작정 달렸다. 백팩 안에 든 노트북이 등을 때렸다. 뒤에서 발소리가 들렸다. 나를 쫓아 달리는 모양이었다. 나는 운동에는 젬병이었다. 달리기도 마찬가지였다. 이대로라면 따라잡힐 게 뻔했다. 거의 넘어지듯 방향을 바꿔 이번에는 왼쪽 골목으로 달려 들어갔다. 이 동네 골목은 미로처럼 얽히고설켜 있다. 계속 달리는 대신 누군가가 버려 놓은 커다란 옷장 뒤에 숨었다. 심장이 터질 듯 뛰었다. 소리가 날까 봐 억지로 숨을 참았다. 손으로 입을 틀어막은 채 정체불명의 추격자가 그냥 지나가기만을 빌었다.

골목 어귀에서 인기척이 들렸다. 내가 숨은 곳은 무척 어두웠다. 누군가가 잰걸음으로 골목을 가로질렀다. 나는 옷장과 벽 사이의 좁은 틈으로 골목을 내다봤다. 맥박이 뛸 때마다 혈관을 타고 두려움이 몸 구석구석으로 퍼져 나갔다. 그가, 추격자가 가까이 오고 있었다. 어두워서 아직은 알아볼 수 없었다.

그 순간 구름이 걷히기라도 했는지 어두운 골목에 달빛이 쏟아져 내렸다. 달빛 아래 모습을 드러낸 이는 분명 L이었다.

L이, 한 마리 피 끓는 포식자처럼 씩씩거리며 골목을 빠져 나갔다.

나는 다리에 힘이 풀려 한동안 옷장 뒤에서 움직이지도 못하고 계속 숨어 있었다.

이제는 인정해야 했다. L이 살인자라는 사실을.

그리고…… 소설을 완성하기 위해 나를 목표로 삼았다는 사실을.

*

나는 일부러 먼 길을 돌아 집으로 갔다. 혹여나 L과 마주칠까 봐 밝고 인적 많은 길만 찾아다녔다. 집에 도착한 뒤에는 현관의 보조 자물쇠까지 다 채우고 불도 켜지 않은 채 곧장 침대에 들어갔다. 만약의 사태에 대비해 공구함에서 망치를 꺼내 챙겼다.

밤새 잠을 설쳤다. 설핏 선잠이라도 들면 어김없이 악몽이 찾아와 나를 두들겨 깨웠다. 악몽의 내용은 조금씩 변해

전건우

도 주인공이 L이라는 사실은 그대로였다. L이 능숙한 솜씨로 내 배에 칼을 찔러 넣거나 눈알을 빼거나 입을 꿰맸다.

결국 자는 걸 포기하고 거실로 나가 컴퓨터 앞에 앉았다. 날이 밝으면 당장 경찰서로 달려갈 생각이었다. 나는 컴퓨터를 켰다. 영화라도 한 편 보면서 밤을 보내야겠다 싶었다. 습관적으로 포털 사이트에 로그인부터 했다. 이메일이 한 통 와 있었다. 보낸 이의 이름과 이메일 제목을 보고 나는 얼어붙었다.

L이 보낸 이메일이고 제목은 '마지막 과제 제출합니다'였다. 본문 내용은 없었다. 대신에 '없는 사람_완성'이라는 이름의 파일이 첨부돼 있었다. 나는 떨리는 마음으로 첨부 파일을 클릭했다. 곧 문서 프로그램이 실행되며 「없는 사람」 원고가 떴다.

천천히, 작품의 마지막 부분을 읽어 내려갔다.

*

남자에게는 은밀한 취미가 있었다. 누구도 알지 못하는 취미, 그건 바로 글쓰기였다. 사람을 향해 칼을 휘두르는 손과 글을 쓰려고 컴퓨터 자판을 두드리는 손은 같은 손이었다. 다만 그 목적이 다를 뿐이었다. 소멸과 탄생. 남자는 그 아이러니 사이에서 호기심과 즐거움을 느꼈다. 그래서 이왕이면 제대로 배워 보기로 했다. 밥벌이와 살인만 하며 살기에는 시간이 너무 많이 남는 것도 한몫했다. 그리하여 한 문화센터의 소설 강좌를 듣게 되었다.

남자는 강의를 하는 소설가 선생이 썩 마음에 들었다. 젠체하는 모습이 가끔은 재수 없게 보였지만 그 정도는 참고 넘어갈 만했다. 죽이고 싶은 정도는 아니었다. 문제는 이 선생이 남자에게 지나치게 관심을 보인다는 데 있었다. 게다가 엉뚱하게도 등단을 노려 보라느니, 공모전에 제출해 보라느니 하며 바람을 넣었다. 남자에게 선생은 점점 성가신 존재로 다가왔다. 급기야 소설가 선생이 자기를 미행했다는 것까지도 알게 된 남자는 결심을 굳혔다. 이 동네에서의 마지막 살인은 선생을 목표로 할 거라고. 그래야 완벽히 없는 사람으로 남을 수 있으니까.

아랫배가 나오기 시작한 중년의 소설가는 남자의 상대가 되지 않았다. 그래도 남자는 신중했다. 선생의 뒤를 밟아 집을 알아냈다. 그러고는 선생의 빌라에 숨어들었다. 전자 도어 록을 여는 일쯤은 식은 죽 먹기였다.

남자는 생전 처음으로 먹잇감을 앞에 두고 서글픔을 느꼈

전건우

다. 소설가 선생은 자기를 칭찬해 준 유일한 사람이었다. 남자가 혹할 정도의 칭찬이었다. 정말로 뛰어난 재능이 있는 게 아닐까 싶어 잠시 설레기도 했지만 남자는 곧 차가운 현실을 받아들였다. 자기 소설은 일종의 일기요, 회고록이었다. 소설이 아니었다. 그걸 알면 소설가 선생이 깜짝 놀라리라 생각하니 재밌기도 했다. 결국 남자는 소설에 재능이 있는 게 아니라 살인에 재능이 있는 셈이었다. 소설을 쓰려고 누군가를 죽이는 것은 왠지 귀찮은 일이 될 것만 같았다. 그러니 소설가 선생을 죽이면 깨끗하게 끝날 일이었다. 설득보다 속이는 게 쉽고, 속이는 것보다 죽이는 게 더 편하니까.

*

그쯤 읽었을 때였다. 까만색 모니터 가장자리에 검은색 실루엣이 비쳤다. 누군가가 바로 뒤에 서 있었다. 반사적으로 몸을 틀었다. 시퍼런 칼날이 컴퓨터 책상에 꽂혔다. 나는 의자에 앉은 채 옆으로 넘어졌다. L이 나를 내려다보며 서 있었다.

"뭐, 뭐야?"

진짜로 겁에 질리자 그런 상투적인 말이 튀어나왔다. 달리 떠오르는 단어가 없었다. L은 꽂혀 있던 칼을 빼며 말했다.

"소설을 완성하려는 겁니다."

멋지고 강렬한 문장이었다. L은 거기에 한마디를 더했다.

"작품 속에서도 현실에서도."

나는 다가오는 L을 향해 의자를 밀었다. L이 거기에 걸린 틈을 타 서둘러 일어나 안방으로 달렸다. 방문을 닫으려는 찰나, 칼날이 문틈으로 들어왔다. 필사적으로 손잡이를 잡고 버텼다. 그러면서 외쳤다.

"살려 주세요! 사람 살려!"

우리 집은 2층이었다. 힘껏 소리 지르면 옆집은 물론이고 아랫집과 윗집까지 다 들릴 것이다. 어느 집이건 신고 정도는 해 주리라는 실낱같은 희망을 품고 다시 목소리를 높였다.

"경찰에 신고해 주세요!"

L의 힘은 무지막지했다. 분명 한 손으로 당길 텐데 내 몸 전체가 끌려가는 느낌이었다. 더는 버티기 힘들었다. 나는 무기가 될 만한 걸 찾아 방 안을 훑었다. 바닥에 망치가 놓여 있었다. 머릿속으로 그림을 그렸다. 소설을 쓰기 전 그러듯 이. 갑자기 손잡이를 놓으면 L이 휘청일 것이다. 그 순간을 틈타 망치를 주워서 휘두른다면…….

"도와주세요!"

전건우

한 번 더 크게 외쳤다. 동시에 문손잡이를 놓고 망치 쪽으로 몸을 날렸다. 문이 홱 열리는 게 보였다. L의 몸이 뒤로 젖혀지는 것도. 망치를 집었다. 나는 온 힘을 다해 거실로 달려나가며 망치를 휘둘렀다. 망치는 L의 얼굴 바로 앞에서 허공을 때렸다. 어둠이 갈라지는 들리지 않는 파열음과 함께 내 심장도 덜컹 내려앉았다. L은 무표정한 얼굴 그대로 나를 노려봤다. 우리는 잠시 대치했다.

그때였다.

"경찰입니다. 문 열어 주세요! 경찰입니다."

현관문 너머에서 반가운 목소리가 들렸다. L은 당황한 듯 현관문과 나를 번갈아 보더니 거실 창문 쪽으로 달려갔다. 나는 그 틈을 놓치지 않고 현관으로 향했다.

"살려 주세요!"

그렇게 외치며 문을 열자마자 경찰관 두 명이 안으로 들어왔다. 나는 뒤를 돌아봤다. 거실 창문이 활짝 열려 있었다. L은 이미 사라지고 없었다.

*

"그러니까 모든 건 L이 꾸민 짓이다?"

자신을 박 형사라 밝힌 이가 확인하듯 물었다. 나는 취조실에 앉아 있었다. 취조실은 좁고 어두운 것이 마감 앞둔 작가를 가둬 놓고 소설을 뽑아내게 만들기 딱 좋아 보였다. 내가 그 농담을 했지만 박 형사는 웃지 않았다. 젊고 의욕적인 건 알겠는데 유머 감각은 없는 사람 같았다. 그런 박 형사가 내 대답을 기다리지 않고 재차 질문했다.

"그럼 사건 현장에서 나온 만년필은 어떻게 설명하실 겁니까?"

만년필. 내 이름이 새겨진 그 만년필 때문에 취조실 구경을 하게 되었다. 내가 잃어버린 만년필이 세 번째 희생자가 죽은 장소에서 발견되었다. 그러니까 간밤의 경찰은 누군가의 신고를 받아서가 아니라 나를 체포하기 위해 찾아온 것이다. 소설로 비유하자면 마지막에 기막힌 반전의 플롯이 숨어 있었던 셈이다.

"아까도 말씀드렸다시피 만년필은 잃어버렸습니다. 그런데 지금 생각해 보니 L이 훔쳐서 사건 현장에 일부러 둔 것일 수도 있겠네요."

나는 차분히 설명했다. L과 「없는 사람」에 대해 장장 두 시간에 걸쳐 이야기한 마당에 새삼 서두를 것도 없었다. 억울한 오해를 사기는 했지만 그 오해가 결국 나를 살렸다. 역시

전건우

소설보다 현실이 더 아이러니하다. 이러니 소설가가 가난할 수밖에.

"이걸 보니 L은 전형적인 사이코패스군요."

자기를 소개한 후로 한마디도 않던 강 팀장이 드디어 입을 열었다. 그는 처음부터 지금까지 「없는 사람」만 읽고 있었다. 깔끔하게 프린트한 그 작품의 마지막 장을 덮으며 강 팀장은 말을 이었다.

"게다가 아주 뛰어난 작가이기도 하고."

"맞습니다. 그 작품은 실상이야 어떻든 꽤 잘 썼다는 사실에는 변함이 없죠."

내 말에 강 팀장은 고개를 끄덕였다. 그는 서글서글해 보이는 인상과 달리 제법 날카로운 눈빛을 지니고 있었다.

"증언해 주신 내용과 이 작품을 바탕으로 조사를 시작하겠습니다. 우선 L이라는 자를 수배부터 하고."

"알겠습니다. 그럼 전 가도 되는 겁니까?"

"그러시죠. 다만 조심하셔야 합니다. L을 체포하기 전까지는 절대 안심하시면 안 됩니다. 원하시면 댁 근처에 경찰을 붙여 드릴 수도 있습니다."

강 팀장 말을 들으며 나는 일어났다. 박 형사는 뭐가 그리 못마땅한지 뚱한 표정을 하고 있었다. 감정을 잘 숨기지 못하는 스타일. 소설가가 되기는 글렀다.

"괜찮습니다. 이 기회라면 좀 웃기긴 하지만, 아무튼 이번 일을 계기로 저도 한적한 곳에서 좀 쉬다 와야겠습니다."

"알겠습니다. 그럼 조심히 가십시오. 혹여 추가로 궁금한 게 생기면 연락드리겠습니다."

나는 두 형사의 배웅을 받으며 경찰서에서 나왔다. 어느 덧 새벽이었다. 전에 없이 배가 고파 경찰서 앞의 24시간 국 밥집에 갔다. 국물에서는 조미료 맛이 나고 고기는 부실했지 만 그럭저럭 배는 채울 만했다. 이게 어딘가. 살아서 뜨거운 국물을 넘긴다는 게…….

＊

산사의 하루는 일찍 시작한다. 새벽 4시면 인기척이 들리 고 5시부터는 불공 소리가 울려 퍼졌다. 초반에는 적응하기 힘들었다. 불면의 밤을 보내다가 새벽에야 비로소 잠드는 내 게 처음 한 주는 지옥이나 다름없었다. 그러다가 조금씩 적 응해 나갔다. 이른 저녁을 먹고 밤새 배고픔에 뒤척이는 일 도 줄어들었고 종일 멍한 상태로 끔벅끔벅 조는 일도 차츰 사라졌다. 두통약과 수면제 없이도 버틸 만했다.

전건우

인간은 적응의 동물이라는 사실을 다시 한번 깨닫는다.

*

주지스님이 물었다.
"어떻게 이 산골까지 오게 되셨습니까?"
"무서운 것을 피해 도망쳤습니다."
내가 대답했다.

*

새로운 소설을 쓰기 시작했다. 날이 갈수록 속도가 붙는
다. 산책하는 두어 시간을 제외하면 소설에만 오롯이 집중한
다. 아마 며칠 후면 결말을 쓸 수 있을 것이다.

*

강 팀장과 박 형사가 찾아왔다. 힘들게 산을 오른 듯 두 사
람은 연신 숨을 몰아쉬었다. 나는 둘에게 차를 대접했다. 우
리는 툇마루에 앉았다. 강 팀장이 뜨거운 차를 후후 불며 말

했다.

"경치가 참 좋습니다."

"산세가 험할수록 경치가 좋죠. 저녁 무렵 노을이 질 때는 그야말로 장관입니다."

"아쉽네요. 그걸 못 보고 내려가야 한다는 게."

"바쁘십니까?"

"저희야 뭐 늘 바쁘죠. 경찰이 안 바쁜 세상이 오면 좋겠습니다."

강 팀장은 사람 좋아 보이는 미소를 지으며 차를 단숨에 들이켰다. 바쁜 경찰은 차를 음미할 시간도 없다는 듯이. 나는 내내 궁금했던 것을 물었다.

"수사는 어떻게 됐습니까?"

"안 그래도 그것 때문에 왔습니다. 어디 계신지 찾느라 애를 좀 먹었습니다만."

"잘 찾아오셨네요."

"그게 저희 일이니까요. 사람 찾는 거."

누구에게나 각자의 일이 있다. 나는 소설을 쓰고 경찰은 범인을 잡는다. 그 일에서 벗어나면 일탈이 된다.

"그래서 L은 찾았습니까?"

"못 찾았습니다. L은 그야말로 없는 사람이더군요. 무슨

전건우

말인지 아시겠습니까?"

나는 대답하지 않았다. 강 팀장은 신경 쓰지 않고 이어서 말했다.

"L이라는 인물은 미장공으로 일한 적도 없고, 문화센터에 다닌 적도 없습니다. 살인을 저지른 적도 없죠. 심지어 태어나지도 않았습니다. L은 당신이 만들어 낸 가상의 인물이니까요."

바람이 불었다. 나뭇잎이 바람에 나부끼며 청량감 가득한 소리를 냈다. 속이 시원했다. 가끔 그럴 때가 있었다. 가슴이 옥죄어 올 때. 머릿속에서 초봄의 얼음이 깨지듯 수런수런 요란한 소리가 들릴 때. 그럴 때면 도저히 견딜 수 없어 밤거리를 정처 없이 헤맸다. 그런 증상에 시달린 건 소설을 쓸 수 없게 된 순간부터였다. 의사의 진단은 공황장애와 우울증이었지만 내 진단은 달랐다.

영감의 결여.

내 소설 쓰기를 추동했던 영감이 완전히 말라 버렸다는 걸 깨달았다. 다른 작가의 작품도 많이 읽어 봤다. 소용없었다. 그들을 따라 비슷하게 쓸 수는 있었지만 그걸 넘어서지는 못했다. 영화와 드라마도 닥치는 대로 봤다. 시시했다. 그것들은 활자가 주는 상상력의 쾌감을 어설프게 흉내 내는 데 그쳤다.

나는 말라 버린 영감의 샘을 다시 채울 수만 있다면 뭐든 하겠노라 다짐했다. 만약 내 경험이 부족해 그런 거라면 기꺼이, 무엇이든 경험하리라 작심했다.

그렇게 첫 살인을 하게 되었다.

"생각보다 빨리 알아내셨네요."

나는 솔직하게 말했다.

"아니요. 무척 힘들었습니다. 이토록 정교한 거짓말은 처음이었거든요. L이라는 인물이 존재한다는 전제로 수사를 시작했으니 중간에 상당히 난감했죠. 그런데 도대체 왜 그런 겁니까? 범인이 당신인 건 이제 알겠는데 동기는 여전히 오리무중이군요."

강 팀장은 깊고 날카로운 눈으로 나를 뚫어져라 봤다. 나는 내 몫의 차를 마저 마신 후 대답했다.

"소설을 쓰기 위해서였습니다. 완벽한 소설을."

"그렇다면 성공했군요. 당신을 이해해 보려고 작품 몇 개를 읽어 봤는데 이번 소설이 가장 훌륭했으니까."

다시 말하지만, 삶은 아이러니로 가득하다. 그 아이러니를 소설로 끌어와 설득력 있게 펼쳐 놓을 때 비로소 훌륭한 작품이 된다.

전건우

"번거롭게 해드려 죄송하지만, 혹시 두어 시간만 기다려 주실 수 있습니까?"

내 물음에 강 팀장은 고개를 갸우뚱했다.

"왜요?"

"완성 직전의 소설이 있습니다. 결말만 쓰면 되는데 그 정도 시간이면 충분합니다."

나는 노트북에 잠들어 있는 신작을 떠올리며 말했다. 마지막 마침표를 찍지 못하면 그것은 소설이라 부를 수 없다. 내 인생 마지막 소설에 생명력을 불어넣어 주고 싶었다.

"안 됩니다. 규정상 그럴 수 없습니다."

강 팀장은 딱 잘라 거절했다. 그러고는 덧붙였다.

"게다가 그 소설도 역시 거짓말이지 않습니까?"

맞는 말이었다. 나는 고개를 끄덕였다. 박 형사가 다가와 내 손목에 수갑을 채웠다. 마치 이 순간만 기다리고 있었다는 듯 그의 표정은 결연했다.

*

산사 입구에 L이 서 있었다. 두 형사의 눈에는 보이지 않는 듯했다. L은 내가 상상했던 그대로의 모습을 한 채 환하게 웃었다. 그러고는 뚜벅뚜벅 걸어 어딘가로 사라졌다.

*

강의할 때 종종 하던 말을 떠올린다.

"잘 만든 캐릭터는 생동감을 얻어 작품 밖으로 나가서도 살아 움직입니다."

거짓말이라 생각했는데, 진짜였다.

"그들은 우리 주위에 있습니다."

사이코패스로 대변되는 반사회적 인격장애는 이제 더 이상 괴담에서나 등장하는 이야기가 아니게 되었습니다. 연구 결과에 따르면 미국인의 경우 500명 중 한 명 정도가 이러한 장애를 겪고 있다고 합니다. 우리나라도 크게 다르지는 않을 것입니다.

그렇다는 건 내 주위의 누군가도 사이코패스나 소시오패스의 기질을 가지고 있을 확률이 높다는 뜻이 되죠. 우리는 지나가는 말이나 농담으로 '저 사람은 사이코패스 같다'는 말을 하곤 하는데 그게 진짜라고 생각한다면 꽤 섬뜩해집니다.

그런데 그거 아십니까? 진짜 노련한 사이코패스는 자신의 반사회적인 성향을 절대 쉽게 드러내지 않습니다. 타인의 감정에 무감각해도 일단은 동조하는 태도를 보입니다. 그들은 연기를 하는 데도 능숙하니까요. 그러면서 동시에 뒤에서는 음모를 꾸미죠. 감히 일반인은 짐작조차 못 할 음모를. 자신의 이익을 위해서라면 무슨 짓이든 할 수 있다는 게 사이코패스의 사고법이니까요.

사이코패스나 소시오패스가 흔한 말이 되어 가는 것에 반해 진짜 그런 성향을 지닌 이들은 양의 탈을 쓴 채 우리 주위에 숨어 있습니다. 숨어서, 가만히 지켜보고 있죠. 마치 먹잇감을 노리는 맹수처럼. 순진한 초식 동물은 위장에 능한 포식자를 잘 발견하지 못합니다. 그러니 우리는 주위를 잘 살피며 조심해야 합니다. 설마 내 주위에 그런 사람이 있겠느냐는 안일한 생각을 버려야 하죠. 500명 중 한 명이라는 건 절대 낮은 수치가 아니거든요.

누군가는 이렇게 이야기할 수도 있습니다. 내 주위에는 눈을 씻고 찾아 봐도 그런 인물이 없다고. 그렇다면 다행입니다만, 조금 다른 시각으로 이런 생각을 해 볼 수도 있죠.

당신 주위에 사이코패스가 없다면…… 혹시 당신이 사이코패스인 건 아닐까요?